〈序〉

物語の水源をめざして

横山泰子

雑でいいのだ

「四谷怪談」ということばは比較的知られている。『東海道四谷怪談』も比較的知名度が高い。お岩という醜い女性が幽霊になって祟りを起こす、日本を代表する怖い物語の一つである。

『東海道四谷怪談』は江戸時代後期の歌舞伎である。四代目鶴屋南北作、文政八（一八二五）年七月江戸中村座初演のこの劇は、現代にいたるまで繰り返し上演される人気作品である。そして、歌舞伎のみならず映画や新劇やアングラ演劇にも改作されている。歌舞伎の『東海道四谷怪談』を見たことがないのに四谷怪談なることばを知っているひとが多いのも、おそらく映画などの影響であろう。

一方、『四ッ谷雑談集』はというとあまり知られていない。本書の題名を見て誤植と思うひともいるのではないかと心配になるくらいだ。『四ッ谷雑談集』は著者も成立年代も不明の「実録小説」である。江戸四谷左門町に住んでいた御先手同心田宮又左衛門の娘お岩が、怨霊と化して周囲の者を苦しめたという事件が記されている。

では、『四ッ谷雑談集』と『東海道四谷怪談』の関係はいかに。先ほど『四ッ谷雑談集』は成立年代不明と述べたが、享保十二（一七二七）年の年次を奥書にもつ一本があることから、南北作品以前に成立したことは確実とされる。また、文化三（一八〇六）年の曲亭馬琴著『勧善常世物語』や文化五年の柳亭種彦著『近世怪談霜夜星』の読本が『四ッ谷雑談集』をもとにしているとされている。

つまり、お岩の幽霊物語の源をたどれば、『東海道四谷怪談』ではなく『四ッ谷雑談集』にたどり着く。おおもとは「ヨツヤカイダン」ではなく「ヨツヤゾウタン」なのである。「怪」ではなくて「雑」でいいのだ。なお「雑談」は、現代人は「ザツダン」と読むが、古い読み方は「ゾウタン」である。雑談といえば、近世の怪異小説集として最も初期のものに『奇異雑談集』（貞享四〈一六八七〉年刊）が、怪異譚や往生譚など三九の説話を載せている。怪談を含め多様な話を集めたものが当時の「雑談集」である。四谷雑談もまた、怪談を含めた世間話を集めたものと考えていただければよい。

『東海道四谷怪談』を理解するために

歌舞伎の『東海道四谷怪談』は、鬼才鶴屋南北が書いた怪談物の傑作である。初演時は二日がかりで『仮名手本忠臣蔵』と組み合わせて上演したため、登場人物はすべて忠臣蔵の世界と関係を持っている。例えばお岩や伊右衛門は塩冶家に、伊藤喜兵衛やお梅は高家にゆかりがあるといった具合である。塩冶家側の人物である伊右衛門が、色と欲にかられて敵方に加担し、毒薬のために醜くなった妻お岩を捨てるが、死霊と化したお岩のために破滅するのが主たる物語である。この筋に、小仏小平の話とお岩の妹お袖をめぐる三角関係の副筋がからみ、きわめて複雑な物語を構成している。

初演時の主な配役は、伊右衛門＝七代目市川團十郎、お岩・小平・佐藤与茂七＝三代目尾上菊五郎、直助＝五代目松本幸四郎。三代目尾上菊五郎は養父尾上松助の考案した怪談物の仕掛けを受け継ぎ、幽霊や妖怪の役を得意とした役者であった。

これまで多くの人々が『東海道四谷怪談』を論じてきたが、歌舞伎研究者はこれまで『四ッ谷雑談集』との関係をあまり重視してはこなかった。一九九九年に刊行された白水社の『歌舞伎オン・ステージ18　東海道四谷怪談』（諏訪春雄編）において、ようやく実録小説が南北の『東海道四谷怪談』に先立つ、注目される作品として位置づけられた。同書によると『四ッ谷雑談集』は主要な登場人物名、人物関係、怪異現象、主人公の容貌。性格などが一致しているという。白水社版解説によって、歌舞伎の元ネタとして実録を読んでみようというひとも増えたのではないだろうか。

『四ッ谷雑談集』と『東海道四谷怪談』をともに読むことで、南北が実録から何を得たかがわかる。歌舞伎の『東海道四谷怪談』を理解するためには、お岩物語の源である『四ッ谷雑談集』の内容をおさえておくことが必要なのである。

『嗤う伊右衛門』を理解するために

『四ッ谷雑談集』の名を聞いたことがあるというひとの中には、京極夏彦作『嗤う伊右衛門』を介してこの書を知ったひとも少なからず含まれるのではないだろうか。一九九七年六月に刊行された『嗤う伊右衛門』の巻末には、作者京極氏が参考にした文献が記されているが、その筆頭に『近世実録全書』の『四谷雑談集』が挙げられていた。

『嗤う伊右衛門』は衝撃的であった。醜い女性お岩の死霊の物語が、怪しくも美しい物語に変貌していたからである。長きにわたって『四ッ谷雑談集』の重要性を訴えてきた四谷怪談研究の第一人者・高田衛氏も

『嗤う伊右衛門』は、刊行された時点で、驚きの眼で迎えられている。一般に知られている「四谷怪談」（中略）とは、あまりにも異った「四谷怪談」であったからだ。しかし、読んでみれば、お岩さまといい、田宮伊右衛門といい、従来の「四谷怪談」の話そのものは、元のままなのである。それでいて、これはまったく新しい『四谷怪談』であった。従来、たんに「四谷怪談」の裏話、あるいは深層譚として扱われていた、『四谷雑談』から、作者が独創的な取材をし、日本人には常識化していた芝居の方の「四谷怪談」の物語を、あるいはその物語の「魂」を、まったく新しく作りかえてしまったのである。

と述べ、「驚愕の京極」と讃えていた（高田衛『お岩と伊右衛門　「四谷怪談」の深層』洋泉社、二〇〇二年参照。なおこの本は『四ッ谷雑談集』を読むうえでの参考書として最重要である）。

事実、京極氏の独創性は、日陰者的存在だった『四ッ谷雑談集』を鋭く読み込むという新しい方針をとったことにあった。従来の「四谷怪談」の書き替え作品は『東海道四谷怪談』に取材したものが多く、実録を用いた例は近年ほぼなかったが、京極氏は実録を生かしながらも、全く新しい登場人物と物語を作り上げたのだ。例えば女主人公であるお岩は『嗤う伊右衛門』では「その肌は渋紙のように渇き――髪は縮れて白髪が雑じり、枯野の薄よ。左の頬にゃ黒痘痕、左眼は白く濁って見えなくなっちまった」とされている。この部分は『四ッ谷雑談集』の醜女お岩の形容に限りなく近いのだが、『嗤う伊右衛門』を読みすすめるうち、グロテスクなはずの岩が、実に魅力的に思えてくる。京極版の岩は自分の考えをしっかりと持ち、おのれの不幸を怨まない気丈な女性として、読者の心を捉えるのだ。このように、典拠に基づきながらも小説の世界は先行作とは全くの別物になっているところが『嗤う伊右衛門』の驚くべき点であった。

『嗤う伊右衛門』だけを読んでももちろん面白いのだが、作家がヒントにしたという作品を読んでから再読すると、いっそう楽しめる。『嗤う伊右衛門』を深く理解しようという京極ファンにも、『四ッ谷雑談集』はおすすめである。

大河の源流を目指して

私は以前『四谷怪談は面白い』（平凡社、一九九七年）という本を書いた。その中で私はつねづね、鶴屋南北の『東海道四谷怪談』の古典的価値を感じながら、それを素材とした多様なジャンルの「新版四谷怪談」のいろいろが、またそれぞれに面白いものを持っていることに心を惹かれてきた。原型ともいえる南北の歌舞伎の良さと、その変形バージョンの楽しさ。原型の価値を変形から教えられたり、変形の弱点を原型から感じとったり、原型と変形の両方を鑑賞し、楽しみ、その両方からさまざまなものを学んできた。

と述べた。その頃は中村勘九郎（故十八代目中村勘三郎）がシアターコクーンで刺激的な『東海道四谷怪談』を上演し、深作欣二監督が『忠臣蔵外伝四谷怪談』を撮影するなど、多様な「四谷怪談」が作られていた。二十一世紀に入ってもこうした動きは続いており、今年（二〇一三）七月の歌舞伎座では尾上菊之助主演の『東海道四谷怪談』が上演される。また、三池崇史・市川海老蔵コンビの『真四谷怪談』が二〇一四年公開予定というニュースも聞こえてきた。歌舞伎でもその他のジャンルでも多くの人々が「四谷怪談」を作り続けていることに、あらためて驚きをおぼえる。

「四谷怪談」という物語は、大きな川にたとえられるのではないか。江戸時代に生まれたお岩の物語が、時代をこえて現代にまで流れこんでいる。この川は長い間にあちらを流れ、こちらを流れながら、人々に恐怖を与えてきた。しかし、ただ人を恐怖させるだけの物語であったなら、これほどの長きにわたって日本人の心を惹きつけてはこなかったであろう。

今思うと、私が『四谷怪談は面白い』で試みたことは、南北の『東海道四谷怪談』以降の四谷怪談の流れを、河口めざしてたどる旅のようなものだった。南北の『東海道四谷怪談』はヨツヤカイダン川の上流に位置する大きな湖である。そこからさまざまな支流が流れ出ていることはたしかだが、水源そのものではない。『東海道四谷怪談』のさらに上流に、水源地である『四ッ谷雑談集』がある。これからやるべきことは、川の上流を歩き、源をめざす旅であるような気がする。

今日、ヨツヤカイダン川水源地までの道のりは整備されておらず、きわめて歩きにくい状態になっている。いざ活字で『四ッ谷雑談集』を読もうとしても本を手にすることが難しい、それが現状であった。京極夏彦氏が参照した『四ッ谷雑談集』のうち、『近世実録全書』（坪内逍遙監選、早稲田大学出版部）は昭和四年の刊行と大変古く、この本を捜しているうちに面倒になって読書を断念したひともいたのではないか。また、『四ッ谷雑談集』の現代語訳をおさめた『日本怪談集　江戸編』（高田衛編、河出文庫、一九九二年）は、読みやすい名著であるが、品切れ状態。これではヨツヤカイダン川の源はどこにあるのか一般人にはわからず、ルートを知っているごく一部のひとだけがたどりつけるようなありさまだ。

かくなる状態を憂慮した白澤社が本書を企画してくれたおかげで、『四ッ谷雑談集』はぐっと現代人にも近づきやすくなった。原文はややとっつきにくいのだが、本書では広坂朋信氏による現代語訳と注があるので大丈夫。

川のはじまりを知らずして、その川を語ることはできない。本書を手に、ヨツヤカイダン川源流の風景を、ぜひ楽しんでいただきたい。

〈江戸怪談を読む〉実録 四谷怪談——現代語訳『四ツ谷雑談集』◆目次

現代語訳 四ツ谷雑談集 中

現代語訳 四ツ谷雑談集　下

〈凡例〉

一、本書の底本は、小二田誠二教授（静岡大学）所蔵の矢口丹波記念文庫蔵本の『四ッ谷雑談集（上、中、下）』（享保十二〔一七二七〕年奥書、宝暦五〔一七五五〕年写記）の写しから起こしたテキストである。

一、現代語訳にあたっては、『今古実録四谷雑談』（栄泉社、明治十七〔一八八四〕年）と『近世実録全書第四巻』（早稲田大學出版部、昭和四〔一九二九〕年）を参考にした。

一、既存の現代語訳としては、高田衛編『日本怪談集江戸編』（河出文庫、一九九二年）、釣洋一『四谷怪談３６０年目の真実』（於岩稲荷田宮神社、一九九七年）所収のものがある。

一、完全な逐語訳ではなく、文意を取って適宜要約した箇所がある。ただし、右の翻刻や現代語訳で割愛された章も含めて、すべての章を訳した。

一、各章のタイトルには現代語に意訳したものと、底本の章題を併記した。

一、上・中・下の三部構成としているのは底本が三分冊であるためで、内容上の区分であるかどうかは今後の研究にゆだねる。

一、本書掲載の挿絵は読者の参考のために『今古実録四谷雑談』からとったものである。底本には図版はない。

一、読者の理解の助けとなるよう、主として人名・地名などに注を付けた。また、コラム「四谷怪談の謎」を付けた。

一、本書の訳注やコラム「四谷怪談の謎」では、『四ッ谷雑談集』を『雑談』、鶴屋南北『東海道四谷怪談』を「芝居」、『近世実録全書』を『全書』、『今古実録四谷雑談』を『今古』と略記することがある。

（白澤社・編集部）

現代語訳

四ツ谷雑談集 上

四谷《よつや》左《さ》門町《もんちょう》の由来《ゆらい》

【江戸《えど》繁栄日記《はんえいにっき》 并《ならびに》 四ッ谷《よつや》開発之事《かいはつのこと》】

徳川家康が幕府を開いて以来、日に日に江戸は繁栄し、江戸城下には大名・旗本の屋敷が建ち並び、月の名所といわれた武蔵野も風景が一変してしまった。とはいえ、寛永《かんえい》*1の頃までは外曲輪《そとくるわ》*2のあたりにはところどころに空き地が多く、なかでも江戸城から西側、麹町《こうじまち》*3のはずれに至っては草むらばかりで、萩《はぎ》や薄《すすき》が生い茂り、住むのは野鳥やキリギリスばかりで人はほとんどいない。その草むらのなかに人家が四軒だけあったので、そのあたりを四つ屋と呼んだ。それから次第に家が増えたので、いつしか四つの谷と書くようになって四谷というのである。

もとの麹町は十三丁目まであったが、四ッ谷門ができてからは門の内側の十丁だけを麹町と呼び、門外の三丁は四ッ谷の一部になった。今でも四ッ谷のうち坂口のあたりを麹町十三丁目*4というのはこのためである。そこから西に八丁*5のあいだを四谷と名付けた。甲州街道沿いの町である。

甲州街道を、四谷の大木戸から東へ三丁ほど行った右手に辻右馬《つじうま》*6というひとが住んでいた。この人の死去以後は、惣領《そうりょう》の十郎左衛門《じゅうろうざえもん》が家督《かとく》を継いだ。父右馬ははなはだ無道《ぶどう》の人だったが、息子の十郎左衛門は父にも似ず、至極《しごく》柔和で思いやりの深い人柄だったので、町の人たちから仏《ほとけ》十郎左衛門と呼ばれた。けれども、家督を相続して間もなく短命にして死去した。その後はまだ二歳の男子が家督を継いだが、祖父の積悪《せきあく》の報いを受けたのか、早世《そうせい》したため、ついには辻家は絶え、右馬の悪名ばかりが朽《く》ちずに残って、今では右馬殿横町《うまどのよこちょう》*7と町の呼び名になってしまった。

この右馬殿横町から東北の方は茅《かや》の繁る広い野原だったが、寛永の頃、御先手組《おさきてぐみ》*8のうち諏訪左門《すわさもん》組《ぐみ》が拝領して宅地とした。はじめは五万坪あまりあったが、たびたび幕府に接収されて今では一万七千坪になった。諏訪左門*9がはじめてこの土地を開拓したので、町名は左門殿町《さもんどのまち》*10と呼ばれるようになった。

〈注〉

＊1 寛永 一六二四〜一六四三年。三代将軍家光の治世。

＊2 外曲輪 江戸城外堀、ここでは現在の飯田橋、市ヶ谷、四谷あたりを指している。

＊3 麹町 底本では糀町、今の東京都千代田区麹町。

＊4 麹町十三丁目 今の新宿区三栄町の新宿通に面したあたり。

＊5 大木戸 今の東京都新宿区四谷四丁目交差点。

＊6 辻右馬 旗本。

＊7 右馬殿横町 今の新宿区大京町の一部。

＊8 御先手組 江戸幕府の職制の一つで、戦時は軍の先鋒隊をつとめた。弓組と鉄砲組があり、平時には江戸城の警備を担当。また火付盗賊改として町奉行所とは別に江戸市中の犯罪取締を命じられることもあった。旗本・諏訪左門率いる組

は鉄砲隊。

＊9 **諏訪左門** 旗本。『寛政重修諸家譜』によれば、寛文三（一六六三）年十一月一八日、御先手鉄砲組頭に就任し、延宝三（一六七五）年まで在職（以下、組頭の異動はすべて『寛政重修諸家譜』による）。

＊10 **左門殿町** 地名残存。新宿区左門町。鶴屋南北『東海道四谷怪談』（以下、「芝居」）のお岩の父親の名、四谷左門はこれにちなんだもの。なお『雑談』では「諏訪左門初て此所を開によつて名を左門殿町と云」とするが、『文政町方書上』（以下「書上」と略）には、忍町の一部が諏訪左門の御先手組頭就任以来、左門殿町と呼ばれたとある。

四谷怪談の謎〈1〉辻右馬《つじうま》

物語の舞台である四谷は江戸の拡大とともに開けた新興住宅地だった。その由来を語るなかで出てくる辻右馬という人が実はよくわからない。岸井良衛編『江戸・町づくし稿中巻』（青蛙房）の右馬殿町の項には「辻右馬之助という旗本が住んでいて、往来の商人を呼び入れて殺して品物を取ったり、路次に出て人を切ったり、いろいろと良くないことをしたので御仕置になって家が絶えたという。又一説に、辻右馬は武辺の人で、死後は惣領の十郎左衛門は父に似ないで柔和で仁心があったので、仏十郎左衛門といわれたが、短命であった。二歳の男の子がいて跡をついだが、これも早く死んで家が絶えてしまった」とある。大名・旗本の家系図を集めた『寛政重修諸家譜《かんせいちょうしゅうしょかふ》』には辻右馬助久之という名前があるが、徳川家光に仕えたとあるだけで詳しい事績は記されていない。

お岩《いわ》という女《おんな》

【田《た》宮《みや》又《また》左《ざ》衛《え》門《もん》病《びょう》死《し》之《の》事《こと》　附《つけたり》 小《こ》股《また》くゝり又一事《またいちのこと》】

新田左中将義貞《にったさちゅうじょうよしさだ》*1によれば「大将たる者の心得は三つある。一、天命を知ること。二、人を知ること。三、報いを知ること。この三つだ」とのことである。天命を知らなければよい結果はない。人を知らなければ大勢の部下を使うことはできない。因果応報《いんがおうほう》を知らないということはあってはならない。

左門殿町御先手組《さもんどのちょうおさきてぐみ》の与力《よりき》・伊東喜兵衛《いとうきへえ》*2、同組同心《どうくみどうしん》・田宮伊右衛門《たみやいえもん》*3、秋山長右衛門《あきやまちょうえもん》*4、この三人が人の恨みの報いによって絶家となった。その原因は次のようなことだった。

田宮又左衛門《たみやまたざえもん》*5という同心がいた。実直な人柄で、御先手組頭の三宅弥次兵衛《みやけやじへえ》*6にも評価されていたが、眼病を患って勤務にさしつかえるようになった。さいわい岩《いわ》*7という成人の娘がいたので、岩に婿を迎えてあとをつがせ自分は隠居しようと思い、この四、五年婿探しをしていた。ところが、この岩という娘はとても性格が悪かったので、婿入りしようという人も現れず、自然と縁が遠い娘となっていた。

その上、岩は二十一の春、疱瘡《ほうそう》*8を患った。きわめて重い病状だったのに不思議と回復して命は助かったが、顔面は渋紙のように引きつり、若いのに髪は白髪まじりになって枯れススキのようにちぢれ、声は狼が仲間を呼ぶ声のようにしわがれて、腰は松の枯木のように曲がってしまった。そのうえ片目がつぶれてたえず涙を流し、たとえようもなく見苦しく、女のうちには入らない容姿になった。ところが、本人はそれを不都合とも感じていなかったようで、道で行きあった人が異様な女の姿に思わず立ち止まりふりかえると、私に気でもあるのかなと、なんとも言えない表情を浮かべるのは大きな勘違いというものだ。

そうしているうちに、又左衛門は五十一歳の夏に急な病で亡くなった。田宮家には父の跡を相続すべき男子がいなかったので、とにかく婿養子をむかえさせねばと同組の人たちが相談して、あちこちに話を持ちかけたが、この娘の顔を見た人は言うに及ばず、噂を聞いただけの人まで婿になろうという者がなかった。皆困りはてて、こうなれば父を亡くして世の無常を感じている今のうちに菩提寺《ぼだいじ》の和尚に頼んで尼にするか、そうでなければ奉公人にしてこの家を出してのち、誰か浪人を見つくろって又左衛門の跡を継がせ、母を養わせるよりほかに打つ手はない。とはいえ、このことはお岩が納得しなければできないことだから、親しくしていた二、三人が申し合わせて、お岩にこの案を言い聞かせた。

話を聞き終わらないうちから、お岩は烈火《れっか》の如く怒った。

「私は女ではあるがこの家の惣領《そうりょう》*9です。男なら嫁を迎えるところだが、女だから婿を迎え、父の跡を継がせ名跡《みょうせき》を立てるはずなのに、なんでまた実子を外へ出し他人に父の跡を譲るという法があ

ります か。私が縁遠《えんどお》いと言いますが、父が死んでからまだ百日もたっていません。武士は相身互《あいみたが》いということなら、私の良縁が調うまでは皆さんで当番をやりくりしてくださってこそ頼もしいと言えるのです。昔から縁遠い女は五十、六十までも独身で暮すことは珍しくありません。ひとえにこれは私を女だからと侮《あなど》り、皆さんだけで決めたからでしょう。そういうことなら私は、お頭《かしら》に訴え出てご指示を仰ぐ。もし私の主張が通らなくても私がこの家を出ることはない。とはいえこのままとどまるつもりもない。それはその時、深い考えがあります」

血眼《ちまなこ》になって怒るお岩をなだめすかしてみたが、返事もなくただ泣きに泣くばかりでどうすることもできない。皆は帰ってあらためて相談し、とにかく多少時間がかかっても婿養子を見つけて跡を継がせるほかないと結論した。

とはいえ普通のやり方では難しい。そのころ、下谷金杉《したやかなすぎ》*10に、小股くぐりの又市《またいち》*11という、仲介斡旋の名人で、大うそつきの手練《てだ》れがいた。そこでこの男を呼び寄せ事情を詳しく話して相談したところ、又市は委細を呑込み「これは難しい仲人ですが、私どもにきちんと謝礼をくださるなら、なんとしても斡旋しましょう」と答えた。

「謝礼ならばその方の望みどおり、それなりにふさわしい額を支払う。ひとつよろしく頼む」

「それでは、十日ほどのうちには必ず婿になる浪人を見つけ出し、婚礼を調えましょう」

又市はこともなげに請けあい、急いで帰っていった。

〈注〉

＊1 **新田左中将義貞**　新田義貞（一三〇一？〜一三三八）は鎌倉時代末に活躍した武将。鎌倉幕府を滅ぼして建武の新政への道を開いたが、のちに足利尊氏と対立して討ち死にした。『太平記』などにその事績が記されているが、ここで義貞の言葉として引かれている文言の出典は不明。『太平記評判理尽抄』（平凡社）には大塔宮が「大将人の嗜み」について語る箇所があるが内容が違う。義貞についての記事は『今古』『全書』にはない。

＊2 **伊東喜兵衛**　御先手組与力。「芝居」では伊藤喜兵衛。

＊3 **田宮伊右衛門**　伊東喜兵衛の部下で同心。「芝居」では民谷伊右衛門。

＊4 **秋山長右衛門**　同心。「芝居」では秋山長兵衛。

＊5 **田宮又左右衛門**　幕府御家人、御先手組同心、お岩の父。「芝居」の四谷左門のモデル。左門のセリフに「身に錦繡をまとふとも、不義の富貴は頼みにない」とあるように実直さは「芝居」でも受け継がれている。

＊6 **三宅弥次兵衛**　旗本。御先手組頭をつとめた三宅弥次兵衛は二人いて、一人は諏訪左門の前任者の三宅弥次兵衛正勝で明暦三（一六五七）年七月一九日御先手鉄砲組頭に就任、寛文三（一六六三）年まで在職。もう一人は正勝の子、三宅弥次兵衛正忠で寛文十一年に就任し十二年に在職のまま死去。ここで言う三宅弥次兵衛は父・正勝のこと。

＊7 **岩**　又左右衛門の一人娘。

＊8 **疱瘡**　一般に天然痘とされる。

＊9 **惣領**　底本では「我女なれ共此家の惣領成」。なお、戦国時代までは武家も男子の跡継ぎのない場合、女子が家督を相続することもあった。

＊10 **下谷金杉**　現在の東京都台東区下谷三丁目のあたり。金杉通り、金杉公園がある。

＊11 **小股くぐりの又市**　底本では「小またくゞりの又市」。小股潜りは狭い隙間も潜り抜けることから転じて、隙につけいること、小細工。又市の名は「芝居」では伊東喜兵衛の娘婿の名として使われる。

四谷怪談の謎〈2〉お岩の顔

この『四ッ谷雑談集』（以下、『雑談』）では、お岩の容貌についてこれでもかというほど醜く描く。「芝居」のお岩が「ヤヽ、着類の色やい、頭の様子。コリヤコレほんまに、わしが面がこのやうな、悪女の顔になんでまあ、コリヤわしかいの〳〵、わたしがほんまに顔かいなう」と驚く醜悪な顔は疱瘡の跡とされている。（以下、「芝居」からの引用は郡司正勝校注『新潮日本古典集成東海道四谷怪談』新潮社、による）。

お岩の顔の描写には先行する実話系怪談『累ヶ淵』の累《かさね》の影響があることはかねてより指摘されてきた。「芝居」のメイクアップはもちろん、累怪談の原話『死霊解脱物語聞書』でも「いろ黒くかた目くされ、鼻はひらげ、口のはゞ大きに、すべて顔の内にはもがさのあと、所せきまでひきつり」と、片目であること、もがさ（疱瘡）の跡があることが挙げられている。

疱瘡で片目を失うことはあったらしい。幕府書物奉行だった鈴木白藤の息子、鈴木桃野の随筆集『反古のうらがき』に「疱瘡」と題した文章がある。桃野の知人に疱瘡で片目を失った人がいて、その印象を次のように書いている。

「其人面は白く片目なり。おもきもがさの目に入たるといふ。されどもこゝぞといふあともなし。たゞ一面に鮫膚なる人の如し。若かりし頃はさしも美しかりつらんと思ふは、今といへどもしりつべきほどなれば、絶て見苦しき様はなし」。

『雑談』で渋紙のようだというのは鮫肌のことらしいが、桃野は見苦しいということはないと言っている。どうもお岩の醜さとは「我女なれ共此家の惣領成」と言い張って一歩も引かない意志の強さのことではないかという気がする。実際、江戸時代の初めまでは武家も男子の跡継ぎのない場合、女子が家督を相続することもあったので、お岩の主張にも一理あるのだが、周囲はそれを煙たく思ったのではないか。

伊右衛門《いえもん》の婿入《むこい》り

【田宮伊右衛門聟養子に成事《たみやいえもんむこようしになること》　附《つけたり》婚礼之事《こんれいのこと》】

因果応報の理《ことわり》によれば五体不満足[*1]では仏に成り難しというほど、人は姿かたちのよいのが望ましい。容姿端麗な女を見ては福徳の相と言い、容姿の調わない女を見ては貧相だと言うのは世の習い。西施《せいし》[*2]は貧しい村娘だったが越王句践《えつおうこうせん》に見出されて寵愛《ちょうあい》された。常盤御前《ときわごぜん》[*3]は平清盛《たいらのきよもり》に愛されたお陰で三人の子の命を助けられ、それがやがて源氏の世を開くことになった。こうした例を見ても、彼女らの成功は美人だったからだ。

さて、小股くぐりの又市は婿養子の仲人を頼まれて、昼も夜も江戸中を探しまわり、ついに伊右《い》衛門《えもん》という浪人[*4]を見つけ、この男を婿養子とするに相談が決まった。伊右衛門は婿入りに先立ち家を訪ねて、母となる人にも挨拶をしたいと四谷まで来たけれども、お岩は今朝より気分がすぐれないといって姿を見せない。これを怪しんだ伊右衛門はお岩のようすを又市に尋ねた。

又市は「心配することはありませんよ。見た目は十人並みよりちょっと劣って、右目に小さな傷があるが、そのため目つきがしおらしく見えます。その上、裁縫も上手、字も上手で並ぶ者がいません。人柄はとても穏やかです」と取りつくろった。伊右衛門はそれを聞いて「女房などは子孫をもうけるため、家内をおさめさせるためのもの。妾《めかけ》ではないのだから女の器量をとやかくいうべきではない」と考えてその後は何も尋ねなかった。

この伊右衛門という男は、摂州《せっしゅう》*5出身三十一歳で、物腰の上品な美男だった。大工の術を心得ており、そのことを特技として婿入り相続を願い出て、八月十四日が吉日だったのでその日に婿入りすると決まった。

指折り数えて婚礼の日を待ち、いよいよ当日になると、世話人やらが大勢来て屋敷のなかはにぎやかになった。父に先立たれて泣きくずれていたお岩も今日は婚礼だからと、うれしそうな顔をしていたが、世話人が群がってああだこうだと話す言葉のなかにも耳にさわることが多く、うっとうしくなって朝のうちから小部屋にこもって渋紙のような顔に化粧をし、衣類に香をたきこめ、婿殿遅しと待っていた。伊右衛門は約束どおり夕方に引っ越してきた。

近藤六郎兵衛《こんどうろくろべえ》*6の女房が花嫁の介添え人となってお岩を座敷へ連れ出し、伊右衛門に対面させた。お岩は、黄昏時《たそがれどき》だというのに明るい方を背にして暗い方を向きうつむいていた。怪しんだ伊右衛門はのぞきこむや、一目見るなり、しまった、どうしようかと思ったけれども今さらどうしようもない。いいさ給料をいただける身になることが本望だ、よいことは二つはないものだからと納得し愛想よくふるまったので、田宮の母も満足し、お岩も喜んだ。器量といい人柄といい、日本一どころか、三国一の婿を取った。「替《かわ》らぬ色《いろ》に繁れ松山千秋楽《まつやませんしゅうらく》」と祝いの歌を歌って婚礼の宴を終え、以来、お岩と伊右衛門はつつましくも所帯を営んで、次の年も暮れた。

一目見るより興をさまし如何せんと思ひけれ共今更可致様なければ……

〈注〉

＊1 **五体不満足** 底本では「五体不具にして仏に難成とは因果の理を説給ふにこそ」。背景には身体に障害があるのは前世での行ないの報いであるという世界観と、仏陀は身体的にも円満であるという仏陀観がある。釈尊自身は誰でも差別なく弟子にしたが、後世に因果説が道徳的に解釈され、釈尊が神格化されるにしたがい仏教教団の内部でこのような差別思想が生じたのだと思われる。

＊2 **西施** 春秋戦国時代の越国の美女。『荘子』や『呉越春秋』に登場する。

＊3 **常盤御前** 源義朝の側室で源義経の母。常磐の命乞いで助けられた三人の子の一人が牛若丸（後の義経）。

＊4 **伊右衛門という浪人** 「芝居」の伊右衛門は赤穂浪士の落ちこぼれという設定だが、『雑談』では就職のために意に染まぬ結婚でも受け入れる貧しい浪人である。「芝居」との近似点は美男子であることと出身地が近いこと（摂津と赤穂は隣）。

＊5 **摂州** 摂津国、現在の大阪府から兵庫県にま

たがるあたり。

＊6 近藤六郎兵衛 田宮又左衛門の同僚。『今古』では近藤六兵衛。

四谷怪談の謎〈3〉小股《こまた》くぐりの又市《またいち》

伊右衛門を連れてきた小股くぐりの又市には、どこか昔話の登場人物のようなところがある。『元禄世間咄風聞集』（長谷川強校注、岩波文庫）にはこんな話が載っている。

京都四条辺りに又市という馬子がいた。ある晩、美しい女の客を馬に乗せた。女が狐だと気づいた又市は「落馬して怪我をするといけませんから」と言って女を馬の背に縛りつけた。そのまま家に帰ると狐の正体を暴き、殺されたくなかったら言うことを聞けと脅して、三日間、美女に化けると約束させた。美女に化けた狐を島原の遊廓に三百両で売り飛ばすと、四、五日前から伊勢参りに出かけたことにして姿をくらました。三日経って狐が正体を現すと、だまされたことに気づいた遊廓の者が又市宅に押しかけたが、四、五日前から出かけていると聞かされて「さてはあの又市も狐だったか」と悔しがった。

中国の怪異談の焼き直しだが、狐も言いくるめる又市は、彦市咄のような頓知話の主人公を連想させる。

かなわぬ恋《こい》

――【伊東喜兵衛庭前之花見之会之事《いとうきへえていぜんのはなみのかいのこと》 附《つけたり》 喜兵衛妾《きへえがしょう》を田宮伊右衛門思《たみやいえもんおも》ひ初《そむ》る事《こと》】

善人と交わり悪人から遠ざかるべしと言う。軽はずみにも善くない者と交際してはならない。まっすぐに伸びる麻もヨモギのなかで育つと曲がり、曲がりくねったヨモギも麻のなかで育つとまっすぐに伸びるという。

三宅弥次兵衛組《みやけやじへえぐみ》*1の与力・伊東喜兵衛《いとうきへえ》は勝手気ままな男だった。しょせん、仁の道とは男女の交わり、礼法とは神棚や仏壇の飾りにすぎないと割り切り、他人をあざけり痛ぶることを好んだ。お気に入りの同心のことは上司によくとりなして、ささいなことでも褒賞《ほうしょう》し、気の合わない者については小さな失敗も大げさに非難するので、思いがけなく罷免された者が多い。妻を持たず、昼も夜も妾を寵愛《めかけちょうあい》し、酒宴にふけっていた。

財産があるので金にあかせて屋敷の増改築を好み、新入りの田宮伊右衛門が大工の術を身につけているというので常々呼寄せて働かせていた。伊右衛門も上司である与力の頼みは断れず、心ならずも伊東家に頻繁に出入りしたため、自然と喜兵衛の使用人のようになった。

さて、喜兵衛の妾は二人いて、一人はお梅*2で十八歳、もう一人はお花*3で二十歳であった。花に紅《もみ》葉《じ》のたとえのように、二人とも甲乙つけがたい美人で、喜兵衛の寵愛ぶりはひとかたではなく、滅多に他人に会わせないほどだった。

とある春の日、喜兵衛宅の庭の桜は今まさに満開で、朝よりうららかな今日の日をこのまま終わらせるのも惜しまれた。そこで、気の置けない二、三人を招いて花見の宴を催し[*4]、二人の妾に琴を弾かせて遊んでいるうちに日も暮れてきた。伊右衛門も早くから来て終日の遊興に寿命の延びるような気分であった。ちょうどその日は三月十九日宵闇《よいやみ》で日が暮れると庭は暗く、庭での花見は終わらせて座敷に移り、無礼講《ぶれいこう》の酒盛となった。

昔の人の教えに「瓜田《かでん》に沓《くつ》を入《いれ》ず」（疑われるようなことはするな）とあるのは、もっともなことだ。伊右衛門も初めはそうでもなかったが、伊東家へたびたび訪れて気安くなるにしたがい、自然と心がゆるみ、喜兵衛の妾お花へのかなわぬ恋心を抱くようになった。お花もそれと知りながら、契約に縛られた身の上なので、この気持ちを人に知られないようにして日を過ごしていた。

今夜の酒宴で喜兵衛は大いに酔い、正体もなく寝入ってしまった。伊右衛門もかなり飲んだが若いだけに少しも乱れない。お花は「もう夜もふけました。お宅まではずいぶん遠いので夜道が心配です。今夜はここに泊まっていかれたら」と誘いかけた。伊右衛門も、これはよい機会だ、今夜こそ酔ったいきおいで思いを遂げようと思ったが、すぐに考えなおし、いやいや喜兵衛が自分を常々心安くするのはひとえに自分を律義者と評価しているためだ。一時の衝動に心乱れて、もしこの恋を悟られて喜兵衛に見限られたならば、お頭の前でどれほど酷く罵られるか。三十俵二人扶持の地[*5]

位を失うのはもったいない。その上、たとえ喜兵衛に知られずにお花との恋がかなっても、自分には妻があるので好き勝手にはできない。

ともかくかようなところに長居は無用と心に決めて、「泊まっていきたいところですが、家で用事がありますのでこのへんで失礼します」と言って立ち上がった。

お花は「お宅のご用事とはあれですね、わかっていますよ。そうと知ったらぜひにもお泊りくださいとは言えませんね。明日もお出でくださいね」などとふざけながら手燭《てしょく》を持って縁側まで見送った。伊右衛門も木石《ぼくせき》ではないので、あたりに人がいない今のうちに心の中を少しでも知らせようと思ったけれども、胸が詰まって言うべき言葉も忘れ、玄関先の縁台で身繕いしながらようやく言葉にした。

「私がこの組へ来て間もないのに、喜兵衛殿には親しくしてくださってかたじけなく存じております。毎日のように長時間の遊びにつきあわされて、あなたがたにはさぞご迷惑でしょうが、おついでの時にでもよろしくお伝えください。お会いしたときに言おうとかねがね思っていたことがあるのですが、人目が多くて言い出しかねていました。私も独身ではないので……」

結局、伊右衛門はその後を言わずに帰っていった。

伊東喜兵衛は隙を見たらすかさず付け込むしたたか者である。このごろの伊右衛門とお花のそぶりが何やら意味ありげなのを見とがめていたが、今夜それを見定めようと思い、酔って寝たふりをして二人の女どもと伊右衛門のようすに注意していた。お花が伊右衛門を見送りに出てからなかなか座敷へ戻らないことを怪しみ、こっそり起き出して抜き足差し足、二人が縁側で立ち話するのをふすまの陰にかくれて立ち聞きしていた。
たいした話もしなかったが、伊右衛門が「私が独身ならば……」と言い捨て、続きを言わなかったのは不思議だ、さては伊右衛門め、お花を思っても女房ある身だけにどうにもできないという言葉を呑み込んだか。もしそうならばどうしてくれようかと、それより毎日、伊右衛門を呼寄せ、二人の妾と同席させてようすをうかがったが、元来、伊右衛門は心の中では何か思いがあってもあからさまに口にしない男だったし、お花も伊右衛門も互いに恋心を抱いていたが、心ひそかに思うだけでお互いに相手の気持ちを知らず、結果的に二人ともうわべは変わったようすは見せなかった。さてはこのあいだ聞いたことは俺の聞きまちがいだったのかなと喜兵衛一人が納得して、この話はそれまでとなった。

〈注〉
＊1　**三宅弥次兵衛組**　この物語は諏訪左門が組頭になってからのことなのに、なぜ三宅弥次兵衛組と呼ぶのか不審。
＊2　**お梅**　「芝居」の伊藤喜兵衛の孫娘、お梅の名はここから。
＊3　**お花**　「芝居」のお梅のモデル。「芝居」では喜兵衛の孫娘という設定だが、『雑談』では喜兵衛の妾とされる。
＊4　**花見の宴**　伊右衛門が上司である伊東喜兵衛の妾お花を見初める場面。「芝居」の序幕・浅草境内の場に相当。ただし「芝居」ではお梅（お花）の側が伊右衛門に一方的に恋慕している。
＊5　**三十俵二人扶持**　同心の年俸。幕府指定の米問屋で米三十俵分の金銭に替えられる。昇給はなく抜擢でもされない限り生涯同一賃金。米相場は変動するので相場が下がると幕臣の生活は困窮した。

謀《はか》りごと

——【伊東喜兵衛妾お花懐胎之事《いとうきへえしょうはなかいたいのこと》　附　田宮伊右衛門を妹聟にせんと企る事《つけたりたみやいえもんいもうとむこくわだつこと》】

物事の破綻《はたん》は趣味嗜好《しゅみしこう》がきっかけになることが多い。文章を書いたり本を読んだりすることはとてもよいことだが、熱中して昼夜の別なく打ち込むと調子を崩して病気になる。食事は命を養うためであることを忘れて美味を追求し、それが元で病気になって寿命を縮めることもある。これらは、魚が釣針にかかり、狼が罠に落ちるのと同じことだ。

伊東喜兵衛の妾お花が、青梅にでも当たったのか腹痛を訴えた。とりあえず胃薬を飲ませて、近所の医師に見せたところ「食あたりのようですね。薬を飲んでください」と言うのであれこれ薬を試したところ少しは効いたようだが、まだ気分が悪いようす。他の医師に見せると、この医師は「食あたりではなく他の病気でもないので薬の必要はありません。お目出度です。今日より油っこいものや辛いものは避けてください。ほどなく男子誕生の折りには祝い酒をいただきに参りましょう」と言って帰っていった。

子どもができたと聞いても喜兵衛は少しも喜ばなかった。男子が生まれても何の役に立つものか、また女子ならばますます出費がかさむ、そうかといって堕させるのもさすがに可哀相だ、腹が目立たぬうちに嫁にやろうと考えた。それからあちこちに声をかけたが「妊婦なら持参金もたくさんないと」などと言って引き受け手がいない。また妻として迎えようと言う人もいたが、そういう男に限って喜兵衛の気に入らない。

どうしたものかと悩んだ喜兵衛が思いついたのが、伊右衛門とお花のことだった。あの二人、口には出さないが何やらもの言いたげな顔をしている、花見の時、伊右衛門が帰りしなに「私が独身ならば……」と捨てぜりふを残していったのも怪しい、伊右衛門がその気なら女房を離別させ、お花を妻に迎えさせようか、と考えた。

そこで喜兵衛は、伊右衛門の本心を探ろうとさっそく呼びだし、ふだんよりもうちとけてもてなした。たわいもない話のついでのように「公私とも心安くいろいろ頼み事をしているが、奥方様にはまだお会いしていないな。奥方の評判は聞いているぞ。さぞや容姿の良いように性格も良いのだろう」とからかうと、伊右衛門は泣き言をこぼした。

「親しくしていただいていますので女房のことも早くご挨拶させたいのですが、なかなか人前に出せるようすにありません。世間の噂どおりに性格まで（醜い）顔のようで、私は過去の因果と思ってあきらめています。こちらより迎えた妻ならば今日まで連れ添うことはできなかったでしょうが、入り婿の身ではしかたありません。小糠三合《こめぬかさんごう》あれば入り婿[*1]するなという言い伝えも道理です。こんな貧しい身の上[*2]のため、あたら人生を棒に振ったと、このごろは一人涙にむせんでいます」

しおしおと言うのを聞いて、喜兵衛は腹の内で喜んだ。

「そのとおりならば子もできまい。女房などは子孫をもうけるため。子を産まない女は何の役にも立たぬ。家督を継がせることも仕事のうちだぞ。なあ、もはや田宮のお袋殿も死なれたことだし誰に気兼ねすることはない。今の女房を離別しろ、そうすれば気に入る女を俺が世話してやろう。相談次第では俺の妹分ということにして嫁に出してもいい。ともかく今の女房と別れろ」

「お気持ちは有り難いのですが、入り婿の立場ではこればかりはどうにもなりません。婿養子という首かせがあっては生まれた甲斐もありませんが、晩酌の一盃だけを女房と思って、それを日々の楽しみに今日まで生きてきました」

これを聞いて喜兵衛は伊右衛門の耳にささやいた。

「おいおいその気になれば天下取りも夢じゃない。要は頭の使いようだ。どんな知恵者が相手でも謀りごとがあればなんとかなる。ましてや馬鹿女と別れるくらい難しいことじゃない。ああしてこうして……、ほれこの手がよかろう」

伊右衛門は大喜びした。

「それで自分にお世話してくださるという心当たりの女とはどういう人ですか」

「無礼な思いつきかもしれないが、俺のところの召使のお花、あれをどこかへ縁付けてやろうとあちこち当たってみたが、よいところがない。奥方を離別するならちょうどよい機会だ、お花を引き取って、飯炊きでもさせてくれ。今まで俺のうちのやりくりをまかせていたから勝手向きのことはずいぶん上手い、正妻にしてもふさわしいくらいだ。そのほかのことはご存知だろうから今あらためて話すこともない。

ただ一つ困ったことがある。妊娠している。俺も白髪頭になってから妾腹に子をもうけたなどと世間で噂されるのも悔しい。そこで人に知られぬうちにその方に譲りたいというわけだ。それはいくらなんでも無理と思われれば、また他を当たる。もし納得してくれるなら、それなりの嫁入り支度をしよう。持参金も少しはある。どうだね」

喜兵衛の言葉を聞くやいなや、伊右衛門は胸さわぎを覚えた。もしや喜兵衛は、自分がお花に恋心を抱いているのに勘づいて鎌をかけているのでは……（そうだとすればこの話を真に受けては危ない）、と思い、顔を真っ赤にして言い訳した。

「思いも寄らぬことを承りました。お花殿に不満はありませんし、ご厚意は有り難く存じますが、何事も女房のある身では[*3]どうにもなりません。女房を離別した後は女であれば誰でも、顔も容姿も年齢も問いません。ただ家計をやりくりしてくれる女ならばお宅の飯炊き女[*4]でもかまいません。またゆっくりお話をうかがいましょう」と、しどろもどろに答えてあわてて家に帰っていった。

しばらくして喜兵衛はまた伊右衛門を呼びつけた。何事かと急いで行くと、喜兵衛は座敷へ通して酒をふるまい、説得にかかった。

「先ほど相談したことは秘密だぞ。俺としては、とにかくその方を妹婿にしたい。しかしながら、その方の腹の内が解らぬ。俺とは公私ともにつきあいがあるから遠慮があるのだろう、それが顔に出ている。俺の気持ちは日本の神にかけて他意はない。冷静になってよく打合せようじゃないか」

酒がふるまわれて、伊右衛門の気持ちもほぐれたのか、何を言われても溜め息をつきながら「ただよろしく」[*5]というばかりであった。

こうして二人はひそかに相談し、お岩を離別して、お花を妻に迎えるたくらみがはじまった。これが喜兵衛の家が絶え、伊右衛門も家を潰すきっかけとなったと世間の人は噂した。

〈注〉

＊1　小糠三合…　わずかでも財産があれば入り婿になるな、ということわざ。

＊2　こんな貧しい身の上　底本では「角怪敷身」。この場合、怪しき身には、見苦しい姿といやしい身分の二つの意味が考えられる。『全書』では前者をとりお岩のこととするが、後者の意味なら伊右衛門自身のことになる。本書では「小糠三合持たる者は入聟に成事なかれと申伝候も断哉」と貧乏の故の婿入りであることを嘆く言葉に続く発言であることから後者と解釈した。

＊3　何事も女房のある身では　『雑談』の伊右衛門が「何事も女房有ては御相談難成」といったんは固辞するのは「芝居」でも「お岩を捨て丶は世間の手前、これればかりは出来ますまい」に引き継がれている。

＊4　飯炊き女　底本では「食焼女」。台所番の下女のことだが、その名目で旅籠などに置かれた遊女のことを指す場合もある。なお、食焼女は大阪で使われた名称で、四谷から近い内藤新宿では飯盛女と言った。上方の言葉を使わせたのは伊右衛門の出身地に由来するか。

＊5　ただよろしく　『雑談』の伊右衛門は喜兵衛に意中を見透かされて口説き落とされるが、「芝居」では自らの就職と引き替えに「承知しました。お岩を去つても娘御を、申し請けう」ときっぱりと言う。

お岩《いわ》、欺《あざむ》かれる

【伊東喜兵衛田宮伊右衛門か女房に初て対面之事《いとうきへえたみやいえもんがにょうぼうにはじめてたいめんのこと》】

こうしてお岩がまた思うには、私*1には親類もなければ味方になってくれる人もない。これほど広い江戸の中に知り合いは大勢いても、しみじみと内輪の話ができる人もいない。ただ伊右衛門殿一人を、神とも仏とも天とも地とも親とも子とも兄弟とも思って暮しているのに、いつのまにやら遊び歩いてばかり、それどころかさいころ賭博*2に夢中になって、世間の男は女房に着物を買い与えるのに伊右衛門殿はそうしないばかりか、わたし*3の物を一つ奪い取り、二つ奪い取り……、もはや普段着一枚だけにされてしまった、それでも男か。それだけでなく赤坂の比丘尼《びくに》*4にまで貢ぐなんて、どうなっているのやら。おかげで毎日の食事にも事欠くありさま。

わたしが男なら外へ出てかせいでくるところだけれど、女の身ではそれもままならず、男は外、女は内と割り当てられていることが口惜しい。これほど家計が苦しいのだからどこかのお屋敷にでも奉公に出て貧苦から逃れたいところだけれども、伊右衛門殿は私を家から出さない。すべては私一人の不運、愚痴をこぼすわけにもいかない。私が男に生れていたならこの家を伊右衛門にとられはしなかった。可愛いお嫁さんを迎えて、一緒に所帯をささえていたろうに、「必ず女に生る事なかれ」と白楽天《はくらくてん》とかいう唐《から》の人が言ったのも道理だ。きっとその楽天もわたしのような娘を持ち、伊右衛門殿のような道楽者を婿に取り、困りはてたのだろう。昔の歌に「海士《あま》の苅藻《かるも》に住虫《すむむし》の我《われ》から と音《ね》をこそ泣《なか》め世《よ》をは恨《うら》みし」*6（自分の不幸を声をあげて泣いても世間を恨まず）とある。南無妙法蓮華経、よいところに生まれ変わりますように、南無妙法蓮華経……。

お岩が一人で我が身の不遇を嘆いていたところへ、喜兵衛の使いがやって来て「まだお目にかかっていませんが、大切な用事がありますので、のちほど日暮れごろにお越しください。お話がありますす」と伝えた。お岩は驚き、「承知いたしましたが、ところでどんなご用でしょうか」と尋ねると、「それは存じませんが、お気遣いになるようなことではありますまい」とのこと。そう言われて心も落ちつき、日が暮れるとさっそく喜兵衛宅へ向かった。出迎えた喜兵衛は、お岩に茶や酒を出してもてなした。

「伊右《いえ》*7とは公私とも気安くつきあっているが、あなたには今日初めてお会いしますな。噂に聞いていたよりはお若く見えるし、お肌も色つやがあってお元気そうにお見受けする。伊右も幸せ者だ。今よりは伊右のように気軽にお越しください。ただし、独身の私のところへ出入りなさると伊右のやつ、やきもちをやくかもしれませんな、そうでなければ気兼ねなくどうぞ」

喜兵衛はさも親しげにふるまって、お岩に酒をすすめた。元来お岩は大酒呑みであった。酔いのまわったころを見計らって喜兵衛は話を切りだした。

「折り入ってご相談があります。あなたの夫伊右という人は見かけとは大違いで、とんだ道楽者。

聞けば博奕《ばくちう》打ちの仲間へ入り、渡世人のように博奕を打つという。そのうえ比丘尼を囲い者にして、昼夜通っていることは皆が知るところ。そもそも賭博は御法度《ごはっと》だ。ことが露見《ろけん》してお頭のお耳へ入れば、いずれは罷免になる。そうなれば、女は男の付属だから、あなたも同罪だ。かわいそうに、あなたは女に生まれたため、お父上の築いた地位を他人に渡すだけでなく、犯罪に連座して路頭に迷うとは痛ましい。

あなたとは今日初めてお会いしたが、私たちの親同士は若い時よりのなじみだから、親しみを感じていました。なにとぞ伊右が賭博をやめ、比丘尼狂いを思い止まるように、あなたから意見をしてやってくださらないか。私が意見をしても、上司と部下の関係だから遠慮がある。このことを言いたくてお越しいただいたわけだ。伊右はどうでもいいが、あなたがかわいそうだ。こうした内輪の意見は奥様からでなければ言いにくいものだから、ご相談しようと思ったのです。あなたの意見で道楽をやめれば、自分のため、同僚のため、子孫のため、互いのためになるのだから、よく言い聞かせるように」

お岩はしみじみと聞いていたが、はらはらと涙を流して言った。

「ありがたいお話をうかがいました。こうしたことはまだご存じないだろうと思っていましたのに、わたしより詳しく知っておられて、面目もない次第です。伊右衛門の心はどんな魔物と入れ替わったのか。ひと月の内五日もうちに帰ってきません。一人だけ雇っていた女中にもやめてもらい、その上、家計費も入れず、このごろは食費にも事欠くありさま。わたしなどが意見をしても、素直に聞くような伊右衛門ではありません。どなたか信用できる人に頼んで意見をしてもらいましょう」
この時、障子《しょうじ》の陰には伊右衛門が隠れて聞き耳を立てていた。お岩が帰ると、してやったりと喜兵衛と伊右衛門はうなずきあった。

〈注〉

＊1 **こうしてお岩がまた思うには**　底本には「斯くてお岩のまた思ひけるは」とある。この書き出しだと、その前に伊右衛門の行状についての説明があったように見えるが、『全書』にはなく、『今古』では「変り易き物多きが中にも男の心ほど変り易き者は有ざるなり」とあるのみ。

＊2 **さいころ賭博**　底本には「ちよぼ一とかや双六とやら」。ちよぼ一（樗蒲一）は一個のさいころ、双六は二個のさいころを使う。

＊3 **わたし**　「わたし」と訳したのは底本では「童」。女性の一人称「わらわ」の当て字。「わらわ」には普通「妾」の字を当てるが、『雑談』では「妾」の字は「めかけ」の意味で使っているので、混同を避けたのだろう。『雑談』の女性登場人物の一人称はほとんど「童」だが、お岩のみ「我」（＝「私」と訳した）と併用している。

＊4 **比丘尼**　底本では「赤坂勘兵衛殿長屋の比丘尼」。比丘尼とは、比丘尼の姿に扮した私娼。この比丘尼とは仏寺の尼僧ではなく熊野比丘尼、歌比丘尼のこと。柳田國男「巫女考」『柳田國男全集11』ちくま文庫。

＊5 **白楽天**　白居易（七七二～八四六）、唐代の代表的な詩人。引用は『太行路』から「人生莫作婦人身」。白楽天の名は『全書』には無く、『今古』ではただ唐国人として同じ『太行路』から「百年苦樂由他人」を引く。夫の心変わりを嘆く妻の言葉に仮託して政治を風刺した詩。

＊6 **海士の苅藻に…**　藤原直子の和歌「海士の苅藻に住虫の我からと音をこそ泣め世をは恨みし」『古今和歌集』所収。

＊7 **伊右**　伊右衛門のこと。親しい間柄ではこのように名前を省略して呼んだのだろう。

四谷怪談の謎〈4〉比丘尼《びくに》

三田村鳶魚《みたむらえんぎょ》「横から見た赤穂浪士」『鳶魚江戸文庫3』（中公文庫）には次のような記事がある。

「今の多町、あそこに比丘尼がどっさりいまして、あすこから赤坂へ出ます。当時の江戸に比丘尼で名高い町が七八箇所あった中で、赤坂が一番繁盛したらしゅうございますが、天和以来、殊に貞享度から賑わしくなって、揚屋のようなものが二軒あった。比丘尼というのは、最初は地獄の絵図を持って歩いて、悲しい声をして物語をしていた。それが万治の頃から、美しい、哀れっぽい声を悪用して、歌などをうたうようになり、ついに売淫に陥ったのである。」

鳶魚によれば、仇討ちのために江戸に出てきた大石内蔵助も赤坂の比丘尼に通ったのだそうだ。比丘尼はもとは女性宗教者で万治の頃までは芸能者として活動していたが、天和・貞享から赤坂を根城に売春を行ない、元禄の頃には大いに流行したということになる。このことは『雑談』の記事が、いつ頃のこととして書かれているのかを考える手がかりになる。

伊《い》右《え》衛《も》門《ん》、去《さ》り状《じょう》をわたす

【田《た》宮《みや》伊《い》右《え》衛《も》門《ん》邪《じゃ》見《けん》の事《こと》　附《つけたり》　女《にょう》房《ぼう》離《り》別《べつ》する事《こと》】

お岩が喜兵衛宅から帰宅すると伊右衛門はまだ帰ってきていなかった。女中にも暇を出したので声をかける人もいない家の中、お岩は一人、寝室で横になったが、月の光が蚊屋に映した庭木の影がなんとも不気味で、何やら胸さわぎがして寝付けないまま、これまでのこと、これからのことをつくづく考えた。

我が身ほど頼りない者はこの世にはいない。父母に先立たれ子どもはおらず、頼りになるはずの夫の伊右衛門殿は比丘尼の色気に迷って私にはつれなくあたる。いっそ出家しようかと思うけれども、もし乱心しての出家だとして押し込められてはその甲斐もない。水の泡となって伊右衛門に思い知らせようとも思うがさすがにそこまでする気にはならない。こんな内輪の相談を親しくできる人もいない。さしあたっては喜兵衛殿こそ頼もしい。あの人を頼りに伊右衛門を追い出すか、またわたしが家を出るか、ご判断にまかせよう。喜兵衛殿の申されるように伊右衛門殿の悪事が露顕して追放になれば、わたしの立場はどうなることか……。と悩みがつきないものだから、まったく眠[*1]れない。早く夜が明けないかな、六月（陰暦）の夜は短いはずなのに今夜は長いこと。夏の夜は眠[*2]

らないうちに明ける（ほど短い）ということはない、と昔の人が歌にしたのはわたしのような人が昔もいたのだろう。それを思えば我が身だけの悩みではない。

全勝寺[*3]の鐘の音、森の烏が鳴く声を聞いて、もう朝かとまだ暗いうちから起きて仏間に籠もり、ただ後世こそ大切、南無妙法蓮華経と題目を唱えているところに伊右衛門が帰ってきた。「昨日の夕方帰ってみたら、おまえ家をあけて戸に錠をおろし、男の留守を守らないでどこへ行っていたんだ。この伊右衛門をうちに入れないつもりか」と怒鳴り散らす。お岩は「なるほどねえ、わたしがほんのしばらくうちを出ていたのをお咎めになる、それなら、あなた様はこのところどちらにお住まいで、どこにお泊まりになっておられるのか。わたしは昨日の夕方、伊東様に呼ばれて行ってきました。尋ねたいことがあるなら喜兵衛殿にお尋ねになれば」とそらとぼけた。

伊右衛門は怒って「夫の留守に家をあけて、若い女が夜に出歩くとはとんでもない。喜兵衛もまさか家を留守にしても来いとは言わないはず。憎らしい女だな、思い知れ」と散々に殴りつけた。お岩は叩かれながら大声をあげて「人殺し、誰か来て、誰か」と叫んだが、隣は遠く誰も来ない。伊右衛門はますます怒り「俺を閉め出すつもりだったんだろう。憎たらしい奴め、ぶっ殺してやる」となおも殴り続けて、倒れたお岩を放ったまま出ていった。

たたき伏せられたお岩は小部屋に引き篭《こ》もって衣をかぶっていたが、あまりに腹にすえかねて、剃刀《かみそり》を取り出し自害しようかとまで思った。だが「いやまて、ここで腹立ちにまかせて自害すれば、乱心して死んだと伊右衛門が申し立てるに違いない。ここはよく考えて」と気を取り直し、取り乱した身なりのまま、すれ違う人が怪しむのもかまわず喜兵衛方へ一文字に駆け込んだ。

出迎えた喜兵衛はお岩の異様なようすに、「なにがあってこんなにあわてて来たのか」と問うたが、お岩はそれに答えずただひれ伏していた。ようやく乱れた気持ちを静めて「こんなことがあってこちらにうかがいました。これよりすぐにお頭のもとへ出て、伊右衛門のかねてよりの悪事を残らず申し上げ、伊右衛門を追い出そうと思います。もしわたしが負けとなってもしかたのないことです。とにかくこのままではおけません」とて声をあげて泣いた。

「それは無理な話だ。昨日うちへお出でくださいとは言ったが、家を留守にしてまで来てくれとは言っていない。伊右に断りもなく出てきたのでは、あいつが怒るのももっともだ。この喜兵衛まで迷惑する。また伊右衛門のことをお頭へ訴えるのはよくない。夫を訴えても結局、伊右衛門にはお咎《とが》めなくそなた一人が負けることになる。何ごとも女の言い分はお上もお取り上げにならないものだ。とはいえ事情を聞けば私としてもそのまま捨て置くわけにもいかない。私としては、そなたは親の代よりの馴染みだし、今は伊右とも親しくしているので、二人ともによいようにこの喜兵衛が取り計らおう。ここはひとつ私に任せなさい。伊右の道楽はすぐにはなおらんだろう。そなたも今のように情のない扱われ方では面白くない。伊右を免職したら女は男の付属物だからそなたもここを出ていかなければならない。しかも、伊右がこの組へ入るにあたり、十五両の持参金で同心の地位を買取ったかたちになっているから判断が難しいところ。そうかといってこのままではそなたが難儀する、なんともかわいそうだ。

そこでだ、今までのことは棚にあげて、納得ずくで離縁をなされよ。そなたは若いし裁縫も上手だ、よいところを紹介するから奉公に出ればよい。ただし伊右から去り状[*4]を取ってくれないと困る。こうして苦労から逃れなさい。これより他によい案はない。とにかく縁切奉公だから二、三年も勤めて、それ以後はまた私が保証人になって良家へ縁づけ、若い美男を夫にしようじゃないか。若いんだからこれからいくらでもよいことがあるさ。とにかくこの調停は任せなさい」

「なにかとお世話くださりありがとうございます。でも、伊右衛門はすぐ離縁に応じるとも思えません。わたしも離縁しても行くあてもありません。衣類や寝具まで伊右衛門が持ち出して賭博につぎ込んだので、勤めに出ようにも出られません。どうしたらいいものか」

「心配ご無用。離縁については私がうまく調停しよう。衣類も売り払ったのではなく質草として預けているだけだろうから、それも残らず返すよう話をつける。去り状を取った後は立派なお屋敷へ就職できるようにする。とはいえ、ここで話していてもどうにもならない。まずお宅へ帰られてからの話だ。急いでお帰りなさい。帰ったら、伊右が何を言おうとも決して取り合わない方がよい。さあそうと決まったら早くお帰りなさい」

お岩が帰宅すると、伊右衛門は昼寝していたが、妻が帰ったのを見て飛び起き、「おまえどこへ行ってたんだよ。若い女が夫に断りもなく外へ出るなと朝も言ったよな。どうなんだよ」と騒ぐ。お岩は喜兵衛に教えられたように取り合わずうつむいていたら、伊右衛門も言葉を失って黙った。それから喜兵衛と伊右衛門が相談してお岩に去り状を与え、衣類寝具まで残らず返したので、お岩は大喜びした。

その後、お岩は、約束のとおり喜兵衛の紹介する四ッ谷塩町紙売又兵衛《しおちょうかみうりまたべえ》*5の仲介で三番町*6の小身《しょうしん》の旗本の屋敷へ物縫《ものぬい》奉公*7に出た。お岩は鰐《わに》の口を逃れたような気持ちで安心して勤めはじめた。

〈注〉

*1 **水の泡となって**　身投げして、ということ。起源は確認できないのだが、お岩は川に身投げしたという伝承もある。「芝居」では今の神田川の早稲田のあたりに遺体が流されるのだが、これに関連して落合清彦氏は大戦末期の少年時代の記憶として内藤町のあたりの小さな川（玉川上水の支流）を「土地の人たちは「お岩川」と呼んでいた。（中略）その川にお岩様が流されたのだ、というような口づたえを当時聞いたのは確かである」と記している（『百鬼夜行の楽園　鶴屋南北の世界』創元社）。

*2 **夏の夜は…**　『和漢朗詠集』に「夏の夜をねぬにあけぬといひおきし人は物をや思はざりけむ」（読人知らず）がある。短いはずの夏の夜も長く感じるということ。

*3 **全勝寺**　曹洞宗寺院、東京都新宿区舟町に現存。

*4 **去り状**　暇の状、離縁状。離婚の証拠として夫から妻に渡された証文。公式の届け出ではないが、これがないと元妻側の財産の保全、再婚などに支障が出ることもあった。高木侃『三くだり半』平凡社、参照。

*5 **四ッ谷塩町紙売又兵衛**　JR四谷駅四谷口改札を出て前方右手のあたりに元塩町という町名が残る。なお『全書』では塩町二丁目としており、そうであれば今の四谷三丁目、四ツ谷消防署のあるあたり。なお『元禄世間咄風聞集』（岩波文庫）には元禄七年二月八日に「四谷塩町紙や庄兵衛」宅を火元とする大火事があったという記事がある。『御当代記』（平凡社）などでは同じ日付で元禄八年のこととする。火元については塩町のほか石切町、伝馬町も挙げられるが、いずれも今の新宿通沿いの町屋で左門町の近所。

＊6　**三番町**　江戸時代の三番町は現在の千代田区三番町の区画ではなく、九段南のあたり。

＊7　**物縫奉公**　江戸時代は衣類が高価なため、破れたら繕い、古くなったら仕立てなおすなどしてリサイクルするのがふつうで、裁縫の得意な人は重宝された。

四谷怪談の謎〈5〉先妻後妻《せんさいごさい》に食《くら》ひ付《つ》きし事《こと》

貧困を装って妻を外に奉公に出し、その後に後妻を招き入れるという手口は、明和四（一七六七）年刊行の『新説百物語』に収められた「先妻後妻に食ひ付きし事」にもある（太刀川清校訂『続百物語怪談集成』国書刊行会）。

江戸の「何町とやらいゝける所」の荒物屋、外に妾を囲って本妻が邪魔になり離縁したいが妻に落ち度はなく、考えたすえに、手持ちの現金を次第に減らし、家財道具も売り払い、貧乏になったように見せかけて、妻に屋敷奉公に出るようすすめた。本妻はこれを真に受けて「あるやしきかたの物縫奉公に出でたりける」。夫は妾を後妻にして暮らしていたところ、これが奉公先の先妻に知れて、先妻の生霊が後妻に祟りをした、という話である。

夫が荒物屋ではなく武士で、「何町」が四谷なら、「四谷怪談」のヴァリエーションの一つに数えたいほどだ。

あわただしい再婚《さいこん》

――【伊東喜兵衛田宮伊右衛門を妹聟にする事　附　秋山長右衛門を仲人に頼事】

さて伊右衛門《いえもん》に女房を片付けさせた喜兵衛《きへえ》は、お花を呼んで言い渡した。

「お前がこれまで陰日向《かげひなた》なく勤めてくれたこと、うれしく思う。このたびの妊娠も、さいわい俺には子がないので誕生を見たいところだが、先々のことが不安であるし、そのうえ少し考えもあって、ふさわしいところへ縁付てやろうとかねてより思っていたところに、ちょうど田宮伊右衛門が女房と不仲になって別れた。そこでそのあとへお前を俺の妹分としてやろうと思う。わずかとはいえお上から俸給をもらう身の上になるのだから、お前にとってもこれ以上の幸せはないはずだ。とはいえ、気になることはないか？　若い者同士、将来夫婦になろうとひそかに約束でもしている者がいれば遠慮なく言ってくれ。それならこの話は取りやめにする。お前の考えはどうかな」

お花は話を聞いて顔を赤らめてうつむいていたが「ありがたいお話をうかがいました。私にとりましてもなんの異存もありません。お計らいの通りにいたします」と答えたので、さっそく喜兵衛は伊右衛門を呼寄せた。

「もう心配はない。約束どおりお花を嫁にやる。奥方を離別してからまだ日数も経っていないのでちと早い[*1]が、お花の腹が目立つ前に少しでも早い方がいい。とはいえ、世間の評判も気になるから、一応かたちだけでも婚礼をととのえたい。至急、親しい人に仲人を頼んでくれ」

伊右衛門は夢心地のまま席を立ち、その足で近藤六郎兵衛《こんどうろくろべえ》方へ行って仲人を頼んだ。六郎兵衛はしばらく思案して「なるほど再婚の仲人を頼むということだが、うちの女房はお前の前妻お岩殿の黒漿親《かねおや》[*2]だし、その上、俺は喜兵衛とそりが合わない。とてもじゃないがこの件は引き受けられないな、他をあたってくれや」と断った。そこで秋山長右衛門《あきやまちょうえもん》[*3]方へ行き事情を話して、もう結婚は決まっているが表向きの仲人をお願いしたいと頼んだところ、この長右衛門は欲が深く、人目を気にせず、考えの浅い男だったので簡単に引き受けた。この仲人が長右衛門の運の尽きだった。

お花の妊娠が人目につかぬうちにと喜兵衛が急いだので、七月十八日を婚礼の日と決めた。お花は喜兵衛の妹分ということにしてあるとはいえ、伊右衛門にとっては二度目の婚礼、ことにお花が喜兵衛の妾だったことは誰も知っていることなので、何ごとも穏便《おんびん》に済むようにと喜兵衛は手を配ってまわった。だが、お岩離別のことの次第は隠そうにもそれとなく知られていた。伊右衛門は「女房が暇を乞うためしかたなく離別した」などと上司や同僚には釈明したが、「伊右衛門のやつは余所からお岩の家へ婿入りしたくせに、あの家の家付娘[*4]を離別して外へ出すとはいかがなものかね」などと噂のたねになっていた。お花はこうしたことをお頭を補佐して監督すべき喜兵衛の妹分であり、その上班長格の長右衛門が仲人するので、表立ってこの婚姻に異議を唱える者は誰もいなかったが、邪《よこしま》な企みはおのずから人に知られて、心ある者は悪党の行末はどうなることかと後ろ指をさしていた。はたして伊東喜兵衛方で三人、田宮伊右衛門方で七人、秋山長右衛門方で五人、計十五人が元禄の頃までにお岩のために取殺されて家が断絶したと語り伝えられたのも恐ろしいことである。

こうして伊右衛門はかねての望みどおりお花を妻に向えることになったので、その喜びたるやうかがい知れよう。お花もまた日頃より伊右衛門の上品な物腰をよく思っていたので満足し、さながら夢の心地のまま婚礼の日を迎えた。喜兵衛方ではお花の嫁入り道具が整えられたけれども、目立たぬようにとの伊東喜兵衛の差図で、昼は遠慮して夜になってから伊右衛門方へ運び込み、準備をすすめた。

婚礼の当日、お花はいつもより華やかな装いで喜兵衛の前へ出て、しめやかに別れの挨拶をした。気の強い喜兵衛も今さら心残りでも感じたのか涙ぐみ、今日よりは伊右の奥方だからと言葉をあらため、用意しておいた金を渡したのだった。

〈注〉

＊1 **ちと早い** 離婚して日数を置かずに再婚するのは世間体の悪いことで、かつては先妻側の激しい抗議行動（うわなり打ち）を招くこともあった。喜兵衛も世間体を気にしながら、一方で「女の腹に云分」すなわちお花の妊娠を理由に再婚を急がせたのである。

＊2 **黒漿親** お歯黒親とも。黒漿はお歯黒のことで、黒漿で歯を黒く染めることが既婚女性の嗜みであった江戸時代に、初めてお歯黒をする娘つまりは新婦の介添人・後見役の女性のこと。

＊3 **秋山長右衛門** わけありの仲人を引き受けた秋山長右衛門は、「芝居」では秋山長兵衛。仲人の件は「芝居」では伊藤

屋敷の場で「まづなによりもこれにて盃。仲人は身どもが」と頼まれる前から名乗り出ている。

＊4 **家付娘** 底本では「家に付たる女」、婿を迎えて家督を継ぐ娘のこと。

四谷怪談の謎〈6〉うわなり打ち

江戸時代の怪談で「四谷怪談」と同じく先妻が後妻や元夫に祟る話を集めてみると、そのなかにしばしば「うわなり打ち」という言葉が出てくる。うわなりとは後妻のことである。離別した直後に後妻を迎えるのは先妻のプライドをつぶすことだった。不満を覚えた先妻が身内の女性たちを集めて後妻方に殴り込みをかけ、鍋釜はじめ家財道具を叩き壊すデモンストレーションを行なうことがあった。これが、うわなり打ちである。室町時代には行なわれていたが江戸時代の初めに廃れたようで、享保のころに書かれた『むかしむかし物語』には祖母から聞いた話として「女の騒動など云事有し由、女もむかしは侍の妻は、勇気を挟む故ならん、うは成打と云におなじ、縦ば妻を離別して五日十日或は其壱箇月の内、又新妻を呼入たる時、初の妻より必騒動打企る」とある（『続日本随筆大成別巻近世風俗見聞集1』所収）。

山東京伝は「後妻打古図考」（『骨董集』）で、謡曲『葵上』や『鉄輪』を例に引いて、近世初期の怪談でうわなり打ちを生霊や死霊のしわざとするのは、こうした謡曲の影響だろうと考証している。

婚礼《こんれい》の夜《よる》に来《き》た赤蛇《あかへび》

【田宮伊右衛門《たみやいえもん》婚礼《こんれい》の事《こと》　附《つけたり》　先妻執念蛇《せんさいのしゅうねんへび》と成来《なりきた》る事《こと》】

御先手組同心に今井仁右衛門《いまいにえもん》、水谷庄右衛門《みずたにしょうえもん》、志津目久右衛門《しずめきゅうえもん》という三人の若者[*1]がいた。彼らは「喜兵衛が妾を妹分にして伊右衛門に妻合《めあ》わせて、今夜が婚礼だそうだ。内輪の式だからと誰も行かないそうだが、われわれ三人は伊右衛門と日ごろ気安くつきあっているんだから、どうだ、押しかけて酒を飲もうじゃないか」と相談して、今や宴もたけなわの伊右衛門方を訪ねた。庄右衛門が「今夜珍客をお迎えになったと聞いた。ご招待いただいていないが、われわれ三人は他の者とは違い兄弟も同然と思っていたから勝手に来たぞ。美味い酒と肴があるんだろう、ご馳走してくれよ」と言うと、伊右衛門は大喜びして「よく来てくれた。座敷には秋山長右衛門殿ご夫婦、近藤六郎兵衛殿だけだ、遠慮はいらない」と座敷へ通し酒肴を出してもてなした。

宴の最中、伊右衛門は大きな盃を取出し客たちに言った。

「この盃は養父[*2]又左衛門より伝えられた盃です。五合入るとの言い伝えですが、実際は三合ほどしか入りません。又左衛門殿の若い時はこれにて四杯も五杯も立て続けに呑んだそうですが、この伊右衛門は二杯も呑めません。皆様方のうち長右衛門殿こそ大酒のみですが、最初の一杯はぶしつけながら女房のお花から始めさせようと思います」

そこでお花からはじめて、盃は仁右衛門にまわり、仁右衛門も大酒のみだから「珍らしい御盃、呑まないとは言いますまい」と続けて三杯飲みほしてお花へ戻し、それから久左衛門が一杯ようやくの思いで呑み、盃は庄右衛門へ、庄右衛門は半分だけ飲んで降参。こうしてだんだん酒がすすみ、夜も更けていった。

そのころ流行っていた浄瑠璃《じょうるり》[*3]の話や歌や踊りで盛り上がっていたところ、行燈《あんどん》の脇から一尺ほどの赤色の小蛇《こへび》[*4]が一匹這《は》い出した。お花をはじめ、酌に出た小女[*5]も驚き騒ぐので、伊右衛門が火箸《ひばし》ではさんで、庭へ放り捨てた。ところが、しばらくするとまた先ほどの蛇が行燈の上へ這い上がっていた。伊右衛門はそれを見て、「今庭へ捨てたと思ったが。蛇は酒を好むというから、匂いを嗅ぎつけて酒盛の仲間入りをしたいのだろうが、火箸から逃れられるものではないぞ」とまた火箸ではさみ、裏の藪へ投げ捨てた。

もう夜明けも間近になれば、「ずいぶん夜も更けた、そろそろ帰ろうか」、「いやいやまだ帰らんぞ、朝まで遊んで今夜の珍客の邪魔をしてやるつもりだ。とはいえまた明日も御馳走してくれるのなら早々に帰ろうか」などとふざけながら、皆が座敷を立とうとしたその時、何かが天井より落ちる音がした。多葉粉盆《たばこぼん》の中を見れば、先ほどの小蛇がいる。これはどうしたことだと思っていると、仁右衛門が素手でつかんで裏庭へ持って行き、蛇に向って「おまえ卑怯だぞ[*6]、どうして執着するのか、もしまたやってきたら頭をぶっつぶすからな。生きながら畜生となったのは自分が愚かなためだ。もう二度と来るな」と言い聞かせて放してやった。

こうして夜も明けようとする頃、明日御礼にうかがいましょうと、皆々座敷を立った。伊右衛門夫婦は客たちを見送り、今夜の礼を述べて、それからは夫婦差し向かいで盃を酌み交わし、寝室に入っていった。

〈注〉

＊1 **三人の若者** 今井仁右衛門、水谷庄右衛門、志津目久右衛門の三人については不明。

＊2 **養父** お岩の父、田宮又左衛門のことだが、『雑談』の設定では伊右衛門はこの舅に会ったことはないはず。又左衛門の思い出の品であろう大盃の逸話をお岩かその母から聞いたのだろうか。

＊3 **浄瑠璃の話** 底本では「其比時花碁盤忠信下り八島節は近江節こそよけれ」。「碁盤忠信」は古浄瑠璃の演目。初演については諸説あるが延宝年間（一六七三‐一六八〇）。八島節は明暦の頃、近江節は語斎節とも言い明暦から万治（一六五五‐一六六一）に流行したという。『声曲類纂』参照。

＊4 **赤色の小蛇** 赤蛇を女の嫉妬心の象徴とするのは、『善悪報ばなし』の「人を妬む女の口より蛇出る事」にもある。また高田衛『女と蛇』筑摩書房、も参照。なお、以降で赤い蛇または蛇に似たものがしばしば怪異として登場するが、「芝居」では蛇はあまり活躍しない。むしろ初演の際の前宣伝に「古き世界の民谷某妻のお岩は子の年度妹の袖が祝言の銚子にまとふ嫉妬の朽縄」とある（郡司正勝校注『新潮日本古典集成　東海道四谷怪談』解説より）。郡司正勝氏はここから「本作品が出来る以前の作者の構想をほぼ探ることができる」としている。

＊5 **小女** 給仕のために呼ばれた女性。

＊6 **おまえ卑怯だぞ…** 仁右衛門はこの蛇をお岩の執着の念の化身とみなして話しかけているが、『雑談』の設定ではこの時点でお岩は自分がだまされたことを知らないはず。

先妻《せんさい》の生霊《いきりょう》が後妻《ごさい》に祟《たた》る話《はなし》

【今井仁右衛門《いまいにえもん》物語之事《ものがたりのこと》 附《つけたり》 高野喜八《たかのきはち》か沙汰之事《がさたのこと》】

明けて七月十九日、昨夜伊右衛門の婚礼に押しかけた三人組が集まって、前夜の噂をしていた。庄右衛門は「伊右衛門も幸せ者だ。今度の女房のお花は噂に聞いていた以上に器量といい才覚といい文句のつけようもない。喜兵衛のところで妾奉公していたけれども、親元は由緒ある武家の末裔《まつえい》と聞く。あやかりたいものだ」とうらやましがった。

これを聞いていた仁右衛門は大笑いして言った。

「二人ともそんなにうらやましがりなさんな、昨夜酒盛りの座敷へ出た蛇を憶えているだろう？あれは疑いもなく伊右衛門の先妻の執念さ。哀れよ、伊右衛門夫婦は長くはあるまい。そのうち絶家となるだろう。こうしたことは世間にいくらもその例があるから、俺は昨夜の蛇がお岩の一念だと気づいたので、三度目には裏庭に持って行って説教してやった。これについてはこういう話がある、まあ聞け」

仁右衛門は次のような話をした。

……先年、俺が京都にいた時、一条戻橋《いちじょうもどりばし》*1あたりに浪人が二人いた。一人は元山三左衛門《もとやまさんざえもん》、もう一人は高野喜八《たかのきはち》といって、元山は老人、喜八は三十歳くらいだった。二人とも丹後《たんご》の出身だったが、京極家《きょうごくけ》の没落以後は京都に住んでいた。二人とも女房があり、元山には二歳の男の子もいた。高野には子はいなかった。元山と高野は京極家に仕えた元同僚だったし、住まいも近所なので日頃から気安く出入りしていたが、元山の女房の元へひそかに高野が訪れるようになって二年あまりが過ぎた。

年長の元山が死ぬと、残された妻子は近所のゆかりの者のところに身を寄せた。喜八はこれをよいことに、誰はばかることもなく昼となく夜となく訪れるようになった。喜八の妻がこのことを聞きつけてたびたび激怒したので、喜八はうるさく思い、この妻を離縁して丹後国宮津《たんごのくにみやづ》*3の実家に帰した。女房は腹を立て、宮津の実家に帰っていくときに喜八に向って「元山の後家のためにあんたに心変わりされて、私は今ふるさとへ帰る。見ていろ、あんたら一人残らず祟ってやる。私が言ったことが真《まこと》か偽《いつわ》りか、近所の皆さんもこのことよく憶えておかれよ」と、歯をならし血の涙を流しながら言った。

さて、女房を追出した高野は、さっそく元山の後家と子を引き取った。後妻が初めてこの家に来た夜、座敷へ二度も小蛇が出た。「もう十月中旬なのに蛇が出るとは不思議だ。季節柄、今頃は出ないはずなのに」、「いやこれは穴惑《あなまど》いといって今頃でもあることだ。外が寒いのでうちのなかに入ってきたのだろう」などと言ってその時はそれで終りになった。ところがその年の内に懐妊《かいにん》した後妻が翌年十三ヶ月目*4に赤色の小蛇七匹を産んだ。これは怪しいことだと、すべて加茂川*5に捨てた。その後は何ごともなかったが、後妻を迎えて三年目の春、養子八之助《はちのすけ》*6の口へ赤蛇が入る夢を夫婦ともに見て、その夜より八之助が病気になり、自ら井戸に飛び込んで死んでしまった。一人っ子だったから夫婦の嘆きはたとえようがなかった。

以来、高野家ではたびたび不審なことが続いたので、これはただごとではないと、陰陽師《おんようじ》*7を呼んでお祓《はら》いをさせ、占わせてみれば、「これは前妻の執心が残り、恨んでいるからだ。とにかく謝罪するほかない」と言う。そこで丹後《たんご》の前妻の実家へ飛脚を走らせ、事情を伝えて弁解した。前妻の親も驚き、「どうして恨みを残すのか、よくない心がけだ」と娘を叱ったところ、「え？　そりゃ離婚された時は腹も立ったけれど、今ではずっと前のことだし、忘れたよ。今さら恨む心なんてこれっぽっちもないよ」と言うので、そのように京都に伝えた。けれども、京都ではその後も怪事が続いたので、ここには住んでいられないと伊勢《いせ》・松坂《まつざか》*8の知人を頼って引っ越した。その年の夏頃より後妻は「癩瘡《らいそう》の病*9」におかされ、人前に出られなくなったのをとても恥じて、絶食して死んでしまった。

高野は妻子を失ってただ一人残り、これからどうしようかと思っていたところ、ある夜、盗賊に間違えられて村人たちに殺されてしまった。あとで別人とわかったけれども、今さら人違いだというわけにもいかず、死人に口なし、高野も盗賊の一味だったことにしてさらしものにされ、その家は絶えた。……

仁右衛門はこの物語*10を語った上で「こうしたことがあるから、伊右衛門もつまらぬたくらみをしてその家は絶えるだろうよ。うらやましいなどと思うな。伊右衛門夫婦は哀れなものさ」と言った。

二人は震え上がって帰って行った。

〈注〉

＊1　**一条戻橋**　京都市上京区にある橋。死者が甦った、渡辺綱が鬼女と出会ったなどさまざまな伝説の舞台として知られる。

＊2　**京極家の没落**　京極家とは鎌倉時代から続く名門大名。関ヶ原の戦いで徳川方についたことから京極高知の代に丹後の藩主となったが、三代目藩主京極高国の時に幕府から内紛をとがめられ寛文六（一六六六）年に改易された。『今古』には言及無し。

＊3　**丹後国宮津**　現在の京都府宮津市。

＊4　**翌年十三ヶ月目**　長すぎる妊娠期間は怪異の兆候を語る際の定番の一つ。

＊5　**加茂川**　鴨川のこと。京都市を流れる河川。

＊6　**養子八之助**　後妻の連れ子。

＊7　**陰陽師**　平安時代の官職としての陰陽師ではなく民間の祈祷師。

＊8　**松坂**　今の三重県松阪市。

＊9　**癩瘡の病**　患者は差別の対象となった。一般にハンセン病のこととされる。

＊10　**この物語**　仁右衛門の語った物語は、この『雑談』本編の骨格を暗示している。京極家改易のことを持ち出して同時代のこととしているが、おそらくそれ以前の伝承を組み合わせたものだろう。あるいは御家人たちのゴシップをこの物語の枠組みに当てはめて編集したのが『雑談』の原型かもしれない。なお、『片仮名本・因果物語』の「女生き霊、夫に怨を作す事」には、寛永年間に九州であったこととして、先妻の生霊に後妻を苦しめられた元夫が先妻に詫びを入れると、先妻は今は幸せなので恨んでいないと答えるが、その後も先妻の生霊が後妻を苦しめたという話がある。高田衛編『江戸怪談集（中）』岩波文庫。

お岩《いわ》は怒《いか》り狂《くる》い、疾走《しっそう》した

【多葉粉屋茂助之事《たばこやもすけのこと》 附《つけたり》 田宮伊右衛門前妻鬼女と成事《たみやいえもんぜんさいきじょとなること》】

四谷と番町《ばんちょう》は近く、多葉粉屋茂助《たばこやもすけ》*1はこのあたりの得意先を回って刻み煙草《きざみたばこ》*2を売り歩いていた。ある日、番町のある屋敷へふと立ち寄り、お岩を見つけて挨拶をした。

「ご無沙汰していました。このあたりのお屋敷にお勤めとは承っていましたが、その後はお目にかかっていませんでした。私はお父上の又左衛門様の代からお宅に出入させてもらっていましたから、仕方のないこととは言いながら、どうなさっているのかと思っていました」

「伊右衛門という道楽者に苦労させられ、私から縁を切り、こちらで奉公しています。つらい生活を続けるより今ははるかにましです。伊右衛門殿の道楽は止みましたかどうか。比丘尼《びくに》を囲っていたと聞きましたが妻に迎えたのでしょうか。その比丘尼も伊右衛門の道楽にはさぞ困っているでしょう。お気の毒さま」

お岩の言葉を聞いた茂助は思わず言った。

「さてはご存じないか。伊右衛門様の道楽はみなうそ。そのわけは伊東喜兵衛の妾《しょう》お花殿を伊右衛門様の女房にしようと謀《はか》ったけれども、家の相続人たるあなた様を伊右衛門様の側から離別することはできないので、あなた様に愛想をつかさせて、そちらから縁をお切りになるように仕向けたのです。喜兵衛様、長右衛門殿、伊右衛門様の三人が相談して、伊右衛門様が道楽の真似をしてついには思い通りになったというわけです。おかわいそうにあなた様はそうとは知らずだまされて、近頃もって気の毒千万。すでに七月十八日にお花殿を妻に迎えられました。昨日もうかがいましたが、見れば見るほど美しいご婦人で、うらやましがらぬ人はいません」

お岩はこれを聞くや表情が一変し目は釣《つ》り上がり、あたかも夜叉《やしゃ》の如《ごと》くになった。よくも小細工を仕組んだものよ、喜兵衛、伊右衛門、長右衛門、三人の者ども、ただではすまさぬ*3」

「腹が立つッ、恨めしや、そんなたくらみとは夢にも知らず、悔しいわいの。

茂助はつまらないことを話したと（後悔し、お岩のようすが）身の毛もよだつほど恐ろしく、抜き足差し足で逃げ出した。

お岩は腹にすえかねて、髪は逆立ち眼の光もすさまじく、気が狂ったように天までとどく大声をあげて「やれ伊右衛門・長右衛門・喜兵衛をはじめ、後妻もろともに一人もそのままには置かぬ」と身をよじって泣き叫んだ。同僚の女たちが集まり「まあまあ、部屋へ入ったら」となだめてみたけれども聞き入れず、興奮は次第に募るばかり。「このようすではうちに置いておけない。縛り上げて、保証人に引き取らせよ」と、傳六《でんろく》という若侍が近づいてお岩の腰をつかまえると、お岩は激怒して「私に縛られる覚えはない。おのれも伊右衛門に味方するか」と若侍を投げ飛ばした。

周囲が恐れをなすと、お岩はあたりを跳《は》ねまわり、手桶《ておけ》、火鉢《ひばち》、箱、皿、さはち、汁鍋、石臼、

お岩は腹に居え兼て髪は空様に生上り、眼の光冷敷乍左狂気の如くに也……

鉄行燈等々台所道具*4を当たるを幸いにがちゃんがちゃんと放り投げ壊してまわった。この騒ぎに屋敷の主人が「皆のもの、あの女を生け捕りにせよ」と号令をかけたので、家来二人が左右よりつかみかかったが、お岩は一人をひっつかんで庭へ放り投げ、二人目はお岩の足を取ろうとしたところを蹴りはらわれて、仰向けに倒れて気絶してしまった。

これはただごとではないと驚いていると、お岩はさらに暴れながら門の外へ向かった。小身《しょうしん》の屋敷なので門番もおらず、そのまま宙を飛ぶように駆けだした。手をこまぬいていた人々も手に手に棒を持って追いかけたけれども、どこを探せばよいのやら、辻番に尋ねると「何だかわからないが、二十五歳くらいの女が髪を振り乱して、四ッ谷御門[*5]の方へ行った」というので、皆で追いかけたけれどもその行方はわからなかった。
仲介人の紙売又兵衛が呼び出され、「逃亡女を早急に見つけ出せ」と言渡され、江戸中くまなく探したが、ついに行方は知れなかった。結局、仲介人一人の責任となり、保証金を屋敷に返すことで示談となった。お岩の行方はその後もいろいろ調べたが、元禄十三年[*6]まで三十年の間、見かけることはなかった。

〈注〉

＊1　多葉粉屋茂助　多葉粉は煙草のこと。『雑談』の茂助は、「芝居」の通称・髪梳きの場での宅悦の役割（秘密の暴露）を演じている。

＊2　刻み煙草　「久夢日記」（『続日本随筆大成別巻近世風俗見聞集2』所収）によれば、刻み煙草の行商が始まったのは貞享年間の頃からだという。

＊3　「腹が立つッ…ただではすまさぬ」　「芝居」のお岩は「たゞ恨めしき伊右衛門殿、喜兵衛一家のものども、なに安穏におくべきや」と切々と恨みを述べるが、『雑談』のお岩は怒りを叫び、力の限りに暴れまわり、江戸の町を疾走する。

＊4　台所道具　台所道具の列挙は『今古』『全書』には無し。なお台所道具を壊すのは、『むかしむかし物語』の描くうわなり打ちのようす「台所より乱入、当るを幸ひに鍋も釜も戸障子もうちこわす」を連想させる。

＊5　四ッ谷御門　四谷見附、今のＪＲ四谷駅あたり。

＊6　元禄十三年　この日付は『全書』には無し。『今古』ではただ元禄とだけある。お岩失踪が元禄十三（一七〇〇）年から三十年前の出来事だとすると、寛文十（一六七〇）年前後のこととなるが、そうすると前後の記事と辻褄が合わなくなる。あるいは、寛文年間に起きた出来事を時代を移して描いたものか。

四谷見附跡（2013 年 5 月、撮影 = 編集部）

お岩様の爆走ルートを想像してみる。

三番町、今の九段南の屋敷を飛び出したお岩様は四谷に向かった。おそらく今の二七通を突っ走ったのではないか。突きあたりを左にカーブすればすぐに四谷見附である。今の JR 四谷駅の脇に四谷見附跡の石垣が残っている。番所もあったが、鬼のような形相に呼び止める人もなかったのだろう。堀を渡って、今の新宿通を西へまっしぐら。そのまま左門町に乗り込めばよいものを、なぜかふっつりと足跡が途絶えている。

お岩様はどこまで走っていったのだろうか。

花見《はなみ》の喧嘩《けんか》

——【伊東喜兵衛隠居《いとうきへえいんきょ》　并《ならびに》　西向天神《にしむきてんじん》にて花見《はなみ》の事《こと》　附《つけたり》　頰借組之者共喧嘩之事《かおかしぐみのものどもけんかのこと》】

おごる者は久しからずと言う。伊東喜兵衛はますますおごり高ぶり何ごともえこひいきが強く、他人の欠点をあげつらい無礼なことが多かったので、職場の人々からは「馬鹿にかまうべからず」と敬遠されるようになり、上司の前でも立場が悪くなった。強気の喜兵衛も多勢に無勢で勝ち目が無く、面倒くせえから隠居しようと考えて、病気と届けて百日ほどひきこもり、その間に傳左衛門《でんざえもん》という男を養子にして、隠居部屋の普請費用として百両を出させ、その上、自分が生きているあいだ一年ごとに米五十俵分の手当てを受け取る契約を取り決めた。

こうして一年ほどたち隠居願が許可されると、傳左衛門を伊東喜兵衛と改名させ、自分は惣髪《そうはつ》*1になって土快《どかい》*2と改名し、喜兵衛屋敷の敷地内に隠居部屋を作って住むことにした。土快が隠居する際、家具は残らず二代目喜兵衛に譲る約束だったが、大半は隠居部屋へ運び、そこから伊右衛門方へ夜な夜な送り届けた。これは伊右衛門の娘が土快の実子だからだと噂された。

さて土快は隠居の身となったが訪ねてくる人もなく、伊右衛門とはわけありの仲だが同僚の手前をはばかり出入りを遠慮していたので、日に日にさびしくなった。退屈のあまりに妾を三人も雇い、悪友どもを呼んで遊び暮していた。

ある時「俺は隠居の身とはいえ心の花はまだ枯れていない。引きこもっているうちに春が終わってしまうのもつまらん。とはいえ花の盛りはうるさいばかりだから、盛りを過ぎた頃こそ面白い」と、三月二十日（陰暦）ごろ、桜の散りはじめに花見を催した。「自性院《じしょういん》*3の花は葉ばかりになって面白くない、大久保七面宮《しちめんぐう》*4の桜こそよい」と、伊東家七人、伊右衛門家の四人で、朝からはしゃいで七面宮へ行ってみたが、すでに花見客でにぎわっていて腰を落ち着ける木蔭もない。そこで「裏の天満宮《てんまんぐう》*5の花が少し散りはじめた頃、こちらこそ面白い」と西向天神《にしむきてんじん》に場所を替えて幕を張り、午前中より酒盛りを始めた。土快は、今は伊右衛門の後妻のお花や、今でもお気に入りのお梅、新しく雇い入れた女たちのことを「お花の琴、お政《まさ》の三味線、豊都《とよいち》の弄斎《ろうさい》*6ももう古い。女浄瑠璃に今流行の半太夫節《はんだゆうぶし》がやわらかでよい。梅は声はよいが三味線が下手だ、お留《とめ》は三味線は上手だが声はよくない。何ごとも思うようにはいかないものだな」などとからかってみたり、自らも扇を取って「鳴《なる》は瀧《たき》の水《みず》、日《ひ》は照《てる》とも、絶《た》えずとうたりとうたり、春の花、金玉《きんぎょく》は花吹風に響添《おとそえ》て、伽陵頻迦《かりょうびんが》も舌を巻く、菩薩《ぼさつ》もここに来迎《らいごう》か」とのどを聞かせたりして上機嫌だった。境内に集まっていた風流人たちは皆土快の幕のまわりに集まって、早くも夕刻。

そこに山田常右衛門《やまだつねえもん》、大内藤吉《おおうちとうきち》*7山田浅右衛門《やまだあさえもん》*8の三人が通りがかった。この三人は頬借組《かおかしぐみ》*9といって、山の手で悪名高い暴れ者、花見の頃はあちこちうろつき、花見客の幕に乱入して、酒肴をたかり女たちにちょっかいを出して遊んでいた。この三人が土快の幕の中を見て「見かけぬ可愛い娘たちだ、あの幕に入って酒を飲もう」と入ろうとしたところを、藤吉がおさえて「武家の幕のようだ。特に奥の隠居風の男は左門殿町の土快といって、知らぬ者のいない面倒なやつだからかかわらないほうがいい」と言ったが、他の二人は「面倒なやつ大いにけっこう」と幕のなかに入った。女たちが驚き騒ぐなか、伊右衛門は心得たりと土快へ目くばせして三人へ茶を出し、慇懃《いんぎん》に挨拶した。

「おのおのがたはお顔はお見かけしたがお名前はよく存じませんな。よい機会ですからお酒でも一つおすすめしたいところですが、ご覧のとおり女性の多い座敷、日も暮れてきましたから、もう帰り支度をするところで酒も残り少なくなりました。またお目にかかった時にでもゆっくり一献《いっこん》傾けましょう」

茶をすすめながら慇懃に断りを言う伊右衛門に、浅右衛門がからんだ。

「俺らはご存知、頬借組の者。まさか酒がないということはないでしょう。少しでいいから飲ませなさいよ」

「いや、今も言ったように酒はなく、その上、知人でもない諸君が同席すると、女たちが気遣いして休養にならない。近いうちにまた男ばかりの花見のときにお越しください」

伊右衛門の返答に、事を荒立てたくない藤吉は「重ねてお目にかかった時にでもごちそうしてもらいましょう、さあ帰ろう」と座敷を立ったが、他の二人が納得しない。

「それなら、藤吉は帰れば。俺ら手ぶらで帰ったためしがないんだよね、このままでは頬借組の名折だ」と言葉を荒げた。

土快はもともと短気な男だが、今日は遊びに来たのだからとこらえていたけれども、この言葉を聞くや物をも言わず飛びかかって、常右衛門を幕の外へ投げ飛ばした。残る二人は「なんだ、表に出ろ、刀で勝負をつけようじゃないか」と外へ飛び出した。土快も伊右衛門も心得たりとおっとり刀で立ちあがろうとしたころ、三人組が喧嘩をしかけたときにそなえてつめかけていた地元の人々ら五十人ばかりが、それとばかりに取り囲んだので、さすがの三人組も多勢に無勢、ほうほうのていで逃げていった。それからも土快と伊右衛門は心静かに花をながめ、外山《とやま》[*10]の桜を堪能《たんのう》し、永福寺《えいふくじ》[*11]の鐘の音を合図に一行は帰っていった。

〈注〉

＊1　**惣髪**　髷を切って、長めの髪をオールバックにした髪型。
＊2　**土快**　「文政町方書上」では土慎としている。
＊3　**自性院**　自証院のこと。千代田区市谷富久町。かつては日蓮宗だったが幕府による不受不施派弾圧によって天台宗に改宗。
＊4　**大久保七面宮**　日蓮宗寺院、法善寺、新宿区新宿。
＊5　**裏の天満宮**　西向天神。新宿区新宿。かつては花見の名所とされたが今は桜の木はない。
＊6　**お花の琴、政の三味線、豊都の弄斎…**　お政、豊都、お留は新しく雇い入れた妾か。お梅はお花と同時に雇われていた妾で土快のお気に入り。彼女らはそれぞれ得意の芸能を身につけていたことがうかがわれる。弄斎は寛文の頃流行った小唄の一種。琴も三味線も弄斎も、当時としては比較的新しい音楽で、ここで土快が「最早古めかし」と言っているのは、貞享・元禄当時に流行した半太夫節と比べてのこと。『嬉遊笑覧』巻之六上参照

＊7　**山田常右衛門、大内藤吉**　不明。おそらく下級武士。
＊8　**山田浅右衛門**　通称・首切り浅右衛門のことか。後述。
＊9　**頬借組**　ちょっと顔を借りるとでも言ってまわったのか。何々組とは旗本奴が名乗ったもの。
＊10　**外山**　地名、今の新宿区戸山。
＊11　**永福寺**　曹洞宗寺院、新宿区新宿、抜け弁天の向かいにある。

四谷怪談の謎〈7〉伊東土快《いとうどかい》のモデル

「芝居」の喜兵衛は孫を溺愛する老人だが、この『雑談』で事件の発端を作り、この物語の最後まで生きている伊東土快（初代喜兵衛）は傲慢不遜な性格で、意地が悪く抜け目のない嫌な男である一方で、風流を好み、気前がよく、仕事もできる、そういう人物として描かれている。西向天神の花見の場面では、芸能に通じ武勇にも優れた豪快な一面もみせていて、単なる悪役にはおさまらない『雑談』のもう一人の主人公と言えるほどの異彩を放っている。

土快に喧嘩を売った頬借組は、旗本奴、かぶき者などと呼ばれた武家の不良青年たちをモデルにしていると思われる。大小神祇組の水野十郎左衛門が有名だが、ほかにも何々組と名乗る無頼の青年たちのグループがいくつもあった。彼らは単に喧嘩や博打に明け暮れただけでなく、当時最新のファッションで装い、流行をリードする側面もあった。しかし武家の綱紀粛正をはかる幕府によってたびたび取り締まられ、貞享三年に御先手鉄砲組頭から大目付に昇進した中山勘解由によって大量検挙・処罰されて壊滅した。『雑談』で、御先手組与力だった土快が頬借組と対決するのはこれを踏まえた趣向かもしれないが、同時に土快自身のキャラクターに旗本奴に似通った側面がうかがわれるのも興味深い。泰平の世をむかえ、武断政治から文治政治へと変わるはざまで、時代の流れに取り残された男たちの一人が土快のモデルであったかもしれない。

人切《ひとき》り浅右衛門《あさえもん》

【山田常右衛門被切事《やまだつねえもんきられること》　附《つけたり》山田浅右衛門自害之事《やまだあさえもんじがいのこと》】

こうして頬借組《かおかしぐみ》は西向天神《にしむきてんじん》の境内から逃げ帰り、いつか仕返しをしようとしていたが、藤吉は病死。その後、常右衛門は自性院の門前で町人と口論したことから捕われ、尋問の結果、悪事の数々が露見して、品川鈴《しながわすず》の森《もり》*1で獄門《ごくもん》になった。この三人は日頃より賭博《とばく》に入れ込み、ゆすりたかりのほか、ひそかに人殺しもしていたのだが、ついには悪行が表ざたになってさらし首になったのは因果応報《いんがおうほう》というものだ。浅右衛門は常右衛門の悪事が裁かれて、やがて自分にも追及がおよぶと考えたのか、腹かき切って死んだ。

この浅右衛門は据《す》えもの切り*2、試し斬りを特技として、常右衛門も弟子にしていた。試し斬りの時に多くの人を切った報いで、六十を越えておのれの皺腹《しわばら》を切ることになったのである。伊右衛門が花見に出た時も弱気なようすを見せれば厄介なことになったはずだが、強気な士快にはねつけられて、ついには仕返しもできずに滅んだのは、まことに天の裁きというものだろう。

〈注〉

＊1 **品川鈴の森** 鈴が森。江戸時代の処刑場があった。獄門は刑罰の一つでさらし首のこと。

＊2 **この浅右衛門** 山田浅右衛門は浪人の身分ながら公儀御様御用、つまり斬首刑執行を兼ねて試し斬りの役を勤めた山田家の当主の名で、数代にわたり継承された。通称・人切り浅右衛門。時代的には初代の山田貞武（一六五七〜一七一六）が該当するが、ここで描かれたような事件に連座したかは不明。ただ代々の浅右衛門はその家業のためさまざまな怪談的ゴシップの的にされた（氏家幹人『大江戸死体考』平凡社新書参照）。

現代語訳
四ツ谷雑談集　中

お岩《いわ》の幽霊《ゆうれい》、あらわる

【田宮伊右衛門屋敷《たみやいえもんやしき》へ幽霊出《ゆうれいいづ》る事《こと》 附《つけたり》 娘《むすめ》お菊死《きくし》する事《こと》】

ことわざに「果報《かほう》は寝て待て」と言うが、田宮伊右衛門《たみやいえもん》は伊東土快《いとうどかい》という実力者を舅《しゅうと》にして以来、次第に財産が増えただけでなく、後妻を迎えた翌年四月には娘が生まれた。実の父親は土快《どかい》である。土快は「生まれた子が男子ならば十五歳まで俺から養育費を出そう。女子ならば女は母のものだからそこまではしない」と言っていたので養育費は出なかったが、そうはいいながら血をわけた子への愛情というものもある。

伊右衛門夫婦は仲がよく、子どもも四人までもうけた。惣領《そうりょう》お染《そめ》十四歳、次男権八郎《ごんぱちろう》十三歳*1、三男鉄之助《てつのすけ》十一歳、四番目お菊三歳である。お染は成長にしたがい、並はずれた美少女となり、誰に教わるともなく歌道に心を寄せ、書は光悦流《こうえつりゅう》*2を学び、琴は錦木勾當《にしきぎこうとう》*3も驚くほど、その他、ふつうの女は習わないこと*4までよく学んだので、会った人は言うまでもなく噂を聞いただけの人にまでも慕われた。それも道理、実父の伊東土快は組五十六人中に並ぶ者のいない豪傑であった。母のお花も好色*5の土快が高く評価した女だからその娘が優れているのもうなずける。土快は「お染はまぎれもなく俺の実子だ。大名の側に仕えさせるか、さもなくば相応の旗本の奥方にすべし。与力などへはやるものか」と言うほどだったので、十四歳になるまで屋敷奉公にも出さずに父の元で育てた。

暑さの残る七月十八日[*6]（陰暦）、伊右衛門一家六人はそろって夕涼みをしていた。伊右衛門は妻のお花に語りかけた。

「軽輩《けいはい》とはいえなんの不足も感じない。世間には私らより苦労している人はいくらもいる。それを思えば今の境遇に不満はない。その上、私には四人の子がいる。子宝は金銀よりも得難いと聞く。私は子宝に恵まれたことでは誰にも負けないだろう。権八が二十になったら家督《かとく》を譲って隠居し気楽に暮らそう。お染はもう十四にもなったから、そろそろ結婚のことも考えたいが、あの子は土快殿の世話だから、我が子ながらも私の一存では決められない。どうしたものかね」

「よい相手がいれば、と土快殿はおっしゃっていましたよ。多少不満でも年の若いうちに縁づけたいものです。月日のたつのは夢のよう。昔を思い出せば、十五年前の今日、わたしはこの家に嫁入りしたのでした。婚礼の宴の日のことは忘れられません。今時分はほら、あの長右衛門《ちょうえもん》殿が酔っぱらって、くだを巻いていらした頃でしたね。昨日と過ぎ、今日と暮し、自分が年老いたとは思いませんが、子どもらの成長を見れば我が身の年に気づかされます」

妻とそんな会話をして、平穏な暮らしの幸せをかみしめていた伊右衛門の視界に、何か白いものが映った。夕暮れの庭の奥の木蔭に何やら白いものがちらちらと見える。次第に近づいてくるのを見れば、かつて離別した先妻のお岩が、伊右衛門を恨めしそうな目で見て縁先を通り過ぎていった。不思議に思った伊右衛門が縁先へ出て見ればすでにあとかたもなく、姿を見失った。あの女は奉公先から失踪して行方知れずになったと聞いていたが、血迷ってここにきたのか。それとも狐狸妖怪《こりようかい》の化《ばけ》そこないが自分を驚かすのかと不思議に思い「今の女を見なかったか、あれはなんだと思う?」と尋ねたけれども、お花は何も見ていないという。さては自分にばかり見えて他の人には見えないのかと考えて、その場はたわいもない話をしてごまかした。

しばらくしてから誰かが門をたたく音がして「伊右衛門、伊右衛門、伊右衛門」と三度呼ぶ声がする。どなたかと問うても答えはない。急いで門へ出てみたが誰もいない。さては近所の若者どもがいたずらして、自分をおどかそうとしているのかなどと思っていたら、また自分の名を呼ぶ声がする。今度こそはと走り出て、急に戸を開いて見たが人影もない。「さては狐の仕業か、やかましいことだ」とつぶやき、座敷へ戻ろうとすると、虚空から声がした。

「伊右衛門、長くはないぞ、観念して命を待て」

しわがれ声でそう告げて、からからと笑った。

しかし伊右衛門はものに動じない性格なので少しも騒がず「臆病者め、この伊右衛門に言いたいことがあればここに来い、声ばかりで姿を見せぬとは無礼であろう。いざおのれの好物をくれてやろう」と鉄砲を取り出し、弾丸を入れず火薬だけ入れて壁に立てかけた生板を的にしてズドンと撃った*7。家の中で撃ったから発砲音が天井へ反響してものすごい音が屋敷中に鳴り響いた。

この音ならいかなる天魔厄神《てんまやくじん》*8も恐れることだろうと思っていたら、思わぬことになった。座敷に寝かせていた三歳の娘・お菊が、銃声に驚きおびえてワッと叫び、たちまち目を見張ったまま気絶した。伊右衛門夫婦はあわてて鉄砲を投げ捨て、娘に水を注ぎ、気付け薬を与えたところ半時ほどでようやく息を吹き返した。しかし意識が戻らないので医師に見せると「何かに驚いて驚風《きょうふう》＊9を起こしたようですな、すぐには治らないかもしれない」と治療したが次第に容体は悪化し、八月十五日の未明、気の毒にもとうとう死んでしまった。

〈注〉

＊1 **物領お染…** 物領は長子。今なら長女お染、長男権八郎と書くところだが、男女混合で順番を付けている。

＊2 **光悦流** 書道の流派で本阿弥光悦を開祖とする。

＊3 **錦木勾當** 勾當は盲人の官位で、検校、別当、勾当、座頭の一つ。江戸時代の琴の普及は八橋検校による。

＊4 **女は習わないこと** 底本では「女の不及事」。おそらく漢籍か武芸のこと。『今古』でこの部分を「両親に孝行を尽くし」としているのは儒学を連想してのことではないか。

＊5 **好色** 美貌への愛好や性的な嗜好だけでなく、芸事や趣味のよさ、対人関係での才覚などを含めた包括的な関心ととらえた方がよいだろう。

＊6 **七月十八日** お花が伊右衛門に嫁入りした日である。

＊7 **ズドンと撃った** 底本では「動と打けり」。「動」は擬音語で、ドーンまたはズドンと撃ったという意味。的にした「生板」とは生木の板、まな板のことか。伊右衛門は御先手鉄砲組の同心なので家に鉄砲があっても不思議はないが、私用で撃って問題はなかったのだろうか。

＊8 **天魔厄神** 天魔厄神は悪魔・悪霊に同じ。大きな音で邪気を祓うつもりだったのだろう。

＊9 **驚風** ひきつけ、漢方で痙攣や意識障害をともなう症状。

四谷怪談の謎〈8〉生霊《いきりょう》か死霊《しりょう》か

「芝居」のお岩は仕事が早い。婚礼の夜にさっそくあらわれて、伊右衛門後妻と喜兵衛を抹殺している。これに対して『雑談』のお岩は気が長い。伊右衛門がお岩を追い出し、お花を後妻に迎えたその翌年に生まれた娘が数え年で十四歳というから、お岩失踪から十五年目の夏である。今ごろ出てくるくらいなら今までどうしていたのか？　と疑問に思うくらいの時間がたって、ようやくお岩が伊右衛門の前に現れる。

十五年ぶりの再会というのにやることも地味である。「芝居」のお岩が戸板返し、提灯抜け、仏壇返しとアクロバティックな技を繰り出して伊右衛門を追いつめるのに対して、『雑談』のお岩はどすを利かせた声でおどかしつけただけ。幼いお菊が死んだのは哀れだが、これはうろたえて鉄砲をぶっ放した伊右衛門の落ち度である。

ところで「芝居」のお岩は死霊という設定だが、『雑談』のお岩の幽霊は生霊か死霊か、はっきりしない。今では幽霊と言えば死者の魂が姿を現すものと決めつけがちだが、幽霊という言葉はもともと死霊（亡霊）だけを指すものではなかった。実際、お岩の姿を見た伊右衛門も彼女が死んでいるとは思っていない。お岩はどこかで生きているのでは？　という疑いは、この『雑談』では最後まで謎のままである。

怪異《かいい》は続《つづ》く

【田宮伊右衛門屋敷不思議有事《たみやいえもんやしきふしぎあること》 附《つけたり》 四男《よんなん》*1鉄之助死事《てつのすけしすること》】

運気《うんき》が盛んなときには神の咎《とが》めは少なく、運気が衰えると悪霊《あくりょう》がその家にはびこると言う。伊右衛門は土快《どかい》の縁者《えんじゃ》になってから幸運続きで人々からうらやましがられていたが、去年の末娘の急死以後は不審《ふしん》なことが続き、何ごとも思ったようにならず、運も下り坂になっていった。

そのうえ、二十歳くらいの男が夜な夜な伊右衛門の家へひそかに訪れているという噂がたった。妻お花の間男《まおとこ》か、娘お染の恋人か、「一昨夜も夜更《よふ》けに来た」、「昨夜も」と、たしかに見たという人が多い。この噂を伊右衛門本人にあえて知らせる人はいなかったが、使用人たちは外で町の噂《うわさ》を聞いてくるので、いつのまにか伊右衛門の耳にも入って、大いに驚き、以来毎晩気をつけてみたが、ひと月ほどのあいだ怪しいことは何もなかった。*2

五月中旬のことだった。季節柄曇《くも》りがちで朧月《おぼろづき》の夜、伊右衛門がふと目を覚して横に寝ている妻を見ると、誰とも知れぬ男が一人、お花に添い寝していた。とっさに枕元の脇差《わきざし》を抜いて切りつけようとしたが、伊右衛門は思慮深い男だったので、*3まず気を静め、脇差を側に置いてようすを観察すると、まったく見覚えのない男が前後不覚《ぜんごふかく》に寝入っている。また頭に血が昇って脇差を振りかぶったが、いやいや待て、敵に言葉もかけず寝首をかいたら、（武士としてふさわしい行動だったかと）あとで問題になるだろう。相手を見きわめ、女房のとりつくろう顔も見てから斬ろう、と思い、まずお花を起こした。

お花が目を覚まし起きあがって見れば誰もいない。添い寝する男と見えたのは枕の上に置いた火塩[*4]だった。伊右衛門は我ながらあきれかえって「何か変な夢を見なかったか」と尋ねたが、お花は「何の夢も見なかった、何かに取《と》り憑《つ》かれたような気持ちもしない」と言うので、でまかせの夢物語をしてその場をごまかした。

伊右衛門は常々ものに驚ぬ男だから粗忽《そこつ》なことにはならなかったが、もし過ちもない妻を斬ったならば、あれは事故でしたという言い訳では通らない。自らも死ぬことになっただろう。そうなれば田宮の家はたちまち断絶。「これもひとえにお岩の恨みより起こったことで、何としてもこの家を絶やそうとしたのだろう」とのちのち人々は思い知ったのであった。

さて、伊右衛門は娘を失って、歎きながらも月日は過ぎゆき、七月十八日はお菊の三回忌なので法事を執り行なった。お花は「お菊は鉄砲の音に驚いて病気になったんだから、あんたが我が子を撃ち殺したようなもの、理由もなく家のなかで鉄砲を撃つなんて何を考えているのだか」と責める。伊右衛門は笑って「生きているものは必ず死ぬ。年寄が先に死んで若者が残るとは限らない。順番はその時のめぐり合わせというものさ。同じ若死をするなら、なまじ成長して死ぬのは不幸中の不幸。もし、お菊があと四、五年も成長してから死んだらどうする。その方が悲しいじゃないか。どうせ死ぬなら、幼いときに死んだ方があきらめがつくというものだよ。これには思いあたることがあるから、あまり深く悲しむな。ただ弔《とむら》えばよい」。

菩提寺の長老を招いて法事を行ない、夕方、僧が帰ると、それより近所の者たちを呼び寄せた。土快も来て「こういう時だけれども、いや、こういう時だからこそ、月をながめ、連歌でもして夜も更けるまで遊べ。なにはさておきまず酒だ」と、お花もまじえて酒盛りになった。酔いの回るのにしたがって思わず心もゆるみ、小唄も飛び出した。

大人たちが酒宴に興じているさなか、鉄之助《てつのすけ》は（何かに呼ばれたように）急いで屋敷の裏庭に向かった。そこには去年世《ママ》を去った妹のお菊が生前と変わらないようすでたたずんでいた。鉄之助は親たちのいる座敷に走り帰って言った。

「裏の植込みの中にお菊がいたよ、急いで行ってみて」

座敷の人々が怪訝《けげん》な顔をしていると、また鉄之助は裏へ行き、しばらくして駆けもどると「のう恐ろしや」と伊右衛門の膝の上へのぼってふるえわなないなく。「何を見たのか」と問うても、ひたすら「恐ろし」と答えるばかりなので、土快が急ぎ裏へ行ってみたけれども何事もない。おそらく狐などに化かされたのだろうと、なだめすかして見たけれども、夫婦の膝の上からおりない。長右衛門が気づいて、鏡を持出して*5、座敷のなかをいろいろと映してみたけれども変わったこともない。

ところが鉄之助の震えは次第に強くなって「恐ろし、恐ろし、今座敷のなかにいる」と言って泣き叫ぶ。大人たちも扱いかねて、ともかく守り札に頼るほかないと、仏壇を開いて日蓮の曼陀羅《まんだら》*6を

是こそ厄神除の札成とて手々に鼻紙袋の底を擲き取出し、鉄之助に載、天井又は四方の柱に張共何の験もなく、大汗になつて恐し〳〵とて…

取り出し、また皆も小物入れの底をあさって、夜鳴《よなき》の守だの二月堂の札だの、[*7]牛王《ごおう》、黒札、角大師《つのだいし》、これこそ厄神除《やくじんよけ》の札だと手に手にお札を取り出し、鉄之助に持たせたり天井や四方の柱に貼ったけれども何の効果もなく、鉄之助は大汗をかいて「恐ろし恐ろし」と震えがおさまらない。伊右衛門は客たちを帰し、夫婦で夜明けまで息子の看病をした。

　夜明け頃に疲れが出て眠り込んだ鉄之助は、ようやく昼過ぎに目を覚し茫然として起き上がった。顔に水を注ぎ、気付け薬を飲ませると意識が戻ったようだった。「何があったんだ、何を見たのか」と尋ねると、鉄之助は「夕べ裏庭へ行ったら、お菊が『負《おわ》れん』[*8]（おんぶして）と言うので、背中を向けたら、重くて押しつぶされそうで恐くなって座敷に逃げ帰ったら、追いかけてきてうちの中まで来た。他のことは覚えていない」と言う。

お花は「お菊の祥月命日《しょうつきめいにち》なのにちゃんとした法事もしてあげないで、いくら幼いからと言って、あまりに馬鹿にした話だから迷って出たに違いない、かわいそうなことをした」と、涙ぐんだ。伊右衛門は笑って「いや、そういうことはない。一昨年も今時分に怪しいことがあった。自分に思いあたることがある。気にするな」と言ってなだめた。

その後も鉄之助の意識は不安定で、おりおり何かに取り憑かれたように熱を出し、医師に診せても、「見よ、見よ」と言うばかりでどうするすべもなく、病名もわからない。とにかく何かに取り憑かれた病気だから祈祷がよいだろうと、日蓮宗の僧に頼んで、二日二晩祈祷したが効果はなく、食も細り、惜しいかな十三歳の秋、八月十七日の明け方に死んだ。

〈注〉

＊1　**四男**　三男の誤り。『今古』では次男、『全書』では三男。三人目に生まれた子で男なら三男と記した。

＊2　**怪しいことは何もなかった**　底本では「怪敷事も見付ざりけり」、つまり根も葉もない噂だったわけだが、こうした悪い噂がたったことを示すことで、伊右衛門に対する世間の眼差しが羨望から悪意に変わりつつあることを暗示している。そして、この噂をうけて、噂どおりのことが起こったかのような場面になる。

＊3　**思慮深い男**　底本は「案深男」。「芝居」の伊右衛門は、お岩の顔になったお梅の首を抜き打ちに切り落としている。切った首をよく見るとお梅なので「ヤ、、、やっぱりお梅だ。コリヤ早まつて」とうろたえている。『雑談』のこの場面も、

不義者成敗とお花を切っていれば「芝居」と同じ展開だが、『雑談』の伊右衛門はあわてずに対処して難を逃れた。

＊4 **火塩**　未詳。『今古』では火鉢、『全書』では瓦焼とする。

＊5 **鏡を持出して**　鏡を照魔鏡として用い、大人には見えない魔物を見つけようとしたのだろう。

＊6 **日蓮の曼陀羅**　日蓮宗のひげ曼陀羅。「南無妙法蓮華経」の字のまわりに諸仏諸神を配する。

＊7 **夜鳴の守だの二月堂の札だの**　以下、いろいろな守り札。二月堂の札は東大寺で出す護符。牛王は牛頭天王で四谷には牛頭天王を祀る天王社があったが、明治の神仏分離により今は須賀神社（新宿区須賀町）となっている。黒札は能勢妙見堂の魔除け札。角大師は元三大師の魔除け札で天台宗寺院が出す。

＊8 **負れん**　底本のまま、おんぶしてということ。

四谷怪談の謎〈9〉産女《うぶめ》の怪

雪景色のなか、お岩の死霊が現れる。「ドロ〳〵はげしく、雪しきりに降り、布の内より、お岩、産女《うぶめ》の拵《こしらえ》へにて、腰より下は血になりし体《てい》にて、子を抱いて現はれ出る」（『新潮日本古典集成』より）。「芝居」の蛇山庵室《へびやまあんじつ》の場のト書きである。この後、伊右衛門はお岩の死霊から赤子を受け取って抱くが、気がつくとそれは石地蔵に変わっている。この演出は産女の怪の応用である。『古今百物語評判』（太刀川清校訂『続百物語怪談集成』国書刊行会所収）に「産のうへにて身まかりたりし女、其執心此《そのしゅうしんこの》ものとなれり。其《その》かたち腰より下は血にそみて、其声《そのこえ》『をばれう〳〵』となくと申しならはせり」とあるような産女の伝承を南北は意識したのだろう。

産女は産褥で死んだ女の死霊と言い伝えられてきたが、幽霊というよりおんぶお化け系の妖怪だと考えられる。その特徴として、子どもを抱いて現れ、道で行きあった人にその子を抱かせるか背負わせるかする。産女が「をばれう」と言うのは「負われよう」（おんぶして）のことだ。そこで抱いたり負ぶったりしてやるとずんずん重くなって押しつぶされてしまう。そこをグッとこらえたら、大力やお宝を授けられたとする伝説もある。子どもがいなくて女だけの場合や、女がいなくて子どもだけの場合もあるが、話はだいたい同じだ。

さて、『雑談』で鉄之助が出会ったお菊の姿をしたものは何者だろうか。あたかも妹の死霊が兄をあの世に連れて行ったように書いてあるが、「負《おわ》れん」と言っているのが気になる。「負れん」は語感といい意味といい、産女の「をばれう」という呼び声を連想させる。これはお菊に化けた妖怪産女だったのではないか。そうだとすれば南北が「芝居」のお岩に産女の扮装でさせたのも『雑談』と無関係ということではないことになる。

お花《はな》の嘆《なげ》き

【田宮伊右衛門女房歎之事《たみやいえもんにょうぼうなげきのこと》　附《つけたり》　秋山長右衛門娘お常狂死事《あきやまちょうえもんむすめおつねくるいしぬこと》】

娘・お菊に続いて息子・鉄之助を失った伊右衛門の嘆きようはたとえようもなかった。お菊の時は妻を力づけようと悲しみを表に出さなかったが、鉄之助の死はこたえた。もしや息を吹き返さないかと二十日の朝まで遺体を家に置き、死んだものをいつまでも家に置くものではないと親しい人たちにさとされて、泣く泣く墓に葬った。日が過ぎてもまだ事実とは思えず、毎朝、鉄之助が手習いに行っていた時間になると「鉄之助、出かける時間だぞ」と呼ぶのも哀れなことである。鉄之助は去年の春二月の初午《はつうま》の日より近所の手習師《てならいし》*1、渡辺源太右衛門《わたなべげんたうえもん》のところへ通うようになった。習いはじめてすぐに年長の兄弟子たちよりも優れた成績をおさめ、師匠からも目をかけられて「四、五年も熱心に学べば師匠の代わりになれる」と誉められ、両親も将来を楽しみにしていたが、みな夢と消えた。器用な者は命短しという言い伝えどおりになった。

涙に目をかすませながら鉄之助が書き残したものを見ると、中に、清書であるらしく文字の訂正もわずかで見事な出来栄えのものがあるので、これこそ形見にと思ったが、読むと「私不仕合《わたくしふしあわせ》の節は為御悔御出忝《おくやみとしておんいでかたじけなし》」*2と、手本の文例にもないことが書いてある。幼い少年がこうした文章を書くことなどないのに、こんな不吉な文例を教えた師匠が憎たらしい。また、古い清書のはしに「地水火風空」*3と墓碑のような落書きがしてある。あの師匠はこうした落書きは書かせないと聞いていたのに、弟子がこんな不吉な落書きをしているのに指導してくれなかったのかと思うと悔しい。花紙入《はなかみいれ》の内に*4観音経《かんのんきょう》があったのも気にかかる。何を見ても、わが子を失った身としては気になることが多い。七夕の節句にあつらえた白い着物、これに家紋を入れてと望んだのに、そうしてやらなかった。葬式の時にその着物を着せて寺へ運ぶことになるとは、よもや死ぬとは思っていなかったのに、神ならぬ身のくやしさよ。また、刀が長くて腰に差しにくい、もう少し短いのがほしいと言っていたのを、成長すればちょうどよくなる、そのままでいいと伊右衛門が叱ったのも情のないことだった。これにも思い出がある、あれにも思い出が、とながめていると、習字の紙、衣類なども寺で処分してもらうのもいやだし、かといってうちに置いておくわけにもいかず、どうしようと泣き伏すありさま。

土快《どかい》を初め近所の人々が弔問に訪れて慰めたので、ようやく心を静め、葬儀を執り行ない、それから月日は過ぎて十月二十三日、明日は鉄之助の百ケ日という日。幼くして死んだ子に罪があるはずもないが、さらに罪を軽くするためと、同宗の者が集まって追善供養として題目講を行なった。大勢の者が南無妙法蓮華経と題目を唱える声が家中に響いて、坊さんも帽子をぬぎ、鬼子母神《きしもじん》も角を落とすほどで、*5これで鉄之助の後世は安心だと語り合った。

秋山長右衛門《あきやまちょうえもん》の屋敷と伊右衛門宅とは背中合わせで、両家は親しく暮らしも助け合っていた。長右衛門には子が二人あり、惣領《そうりょう》は庄兵衛《しょうべえ》で十六歳、次はお常《つね》で十三歳。今夜伊右衛門宅の題目講に親子四人とも来て、夜半過ぎになって帰っていったが、夜も更けた頃、伊右衛門宅の門を荒々しく叩いて「長右衛門だ。急用が出来た、開けてくれ」と言う。「何事か」と聞けば「娘が食あたりのようなんだ。真夜中だから医師を呼ぶのもなんだし、お宅に薬があればもらいたい」と言う。伊右衛門は常備薬を与えて「今夜は遅いので明日お見舞いにうかがおう」と長右衛門を帰した。ところが、しばらくしてまた長右衛門が来て「娘の容体がたいへんなんだ。来てくれないかな」と言うので、伊右衛門は急いで長右衛門宅へ行った。

お常は非常に激しい食中毒のようで、苦しみもがいて暴れ回るので長右衛門夫婦が抱きすくめているが、なかなか二人の力だけでは抑え切れない。これは心配だと、近所の医師を呼びに行かせたが、夜更けでもあり、その上、長右衛門はケチな男で無茶を言うと見限られていたから一人も来ない。お常は「あれは、あれは」と身をもがくが薬はなし、次第に弱り、口の中より何やら赤い、一尺くらいの蛇のようなもの[*6]が時々飛び出すので、これを取ろうとしたが取れない。お常はただ「見よ、見よ[*7]」とだけ言う。別の薬はないか、あの薬を飲ませたらと騒ぐうちに夜明けとともに次第に静かになったので症状がおさまったのかと思ったら、明けの鐘とともに事切れていた。惜しいかな十三歳であの世に旅立った。

〈注〉

＊1 **手習師**　手習いの師匠。文字の読み書きの他、文章の作り方を教えた。武家の子弟に対してはさらに四書五経などの漢籍も教える。渡辺源太右衛門については不明。

＊2 **私不仕合の節は**　「私の死んだときにはお悔やみに来てくださりありがとうございます」。

＊3 **地水火風空**　仏教の世界観で世界を構成する五つの要素。五大、五輪と呼び、これをかたどった五輪塔は墓碑としても使われる。

＊4 **花紙入の内に…**　花紙入は紙入れ。以下、秋山長右衛門の娘お常の前まで、『今古』『全書』ともに無く長右衛門娘のことも簡略になっている。「観音経」は『法華経』観世音菩薩普門品のこと。観音菩薩の力を念じればいかなる災難からも救われるという趣旨のことが繰り返し説かれており、守り札代わりにも使われた。

＊5 **鬼子母神**　『法華経』に登場する仏教の守護神。特に日蓮宗で信仰される。恐ろしい夜叉（鬼神）だったが、釈尊に諭されて子どもの守り神となったと伝えられる。「鬼子母神も角を落とす」とは坊さんも帽子を脱ぐに引っかけたシャレ。

＊6 **蛇のようなもの**　底本では「赤色の物一尺計の蛇のやう成物」。お花と伊右衛門の婚礼の夜にあらわれた赤い蛇のイメージが繰り返され、お岩の怨念が暗示される。

＊7 **見よ、見よ**　鉄之助もうなされて似たようなことを口走っていた。何を見よというのか。

吝嗇《りんしょく》の報《むく》い

——【今井伊兵衛《いまいいへえ》秋山長右衛門《あきやまちょうえもん》江《へ》異見《いけん》の事《こと》 附《つけたり》 二ノ宮甚六郎《にのみやじんろくろう》及《およ》び湊村新左衛門《みなとむらしんざえもん》沙汰之事《さたのこと》】

娘お常を亡くした秋山長右衛門《あきやまちょうえもん》のもとへ昔なじみの今井伊兵衛《いまいいへえ》[*1]が弔問に訪れた。伊兵衛が娘の病気のようすを尋ねると「夕方より隣（伊右衛門宅）へ行き夕食をいただいたが、何にあたったのか、ひどい食あたりで急に苦しみだした。深夜だったので医師も来ないし薬もない。見殺しにしてしまった。今さら言っても娘は帰って来ないが、何の手当も出来ずに死なせてしまったことが残念でならない。手当の甲斐もなくというならともかく、一人の医師も来なかったのは、娘が死ぬ予兆だったということだろうか」と長右衛門は涙にむせんだ。

伊兵衛それを聞いて言い聞かせた。

「生きている者が死ぬのはどうしようもないことだよ。日本は小国とはいえ、よほどの山奥に住んでいるなら医者も薬も知らない人もいるだろうが、病気になったら早く治りたいのは身分の上下にかかわりなく誰しも思うことだ。病人が医療を受けるのは世の習いとはいえ、医師は薬代[*2]で生活しているのに、お前は診療を頼んでおいて謝礼を払わないから医師も見限って来なかったのじゃないか。医は仁の道だから薬代のことばかり気にするのはよくないが、お前の吝嗇《りんしょく》ぶりはあまりにひどい。
お前と俺は若い頃からの友だちだから、かねがね意見しようと思っていたが、今日まで機会がなかった。俺の意見を聞いて今日から心をあらためろ。お前、そんなに金銭を貯めてどうするつもりだ。金銭は生活の必要のためなのに、金銭を貯めることを目的として我が身を苦しめるとは馬鹿らしい。世間を見ると施しの心のない者の子孫が絶えた例をたびたび聞く。現世で欲が深く受けた恩を返す心のない者は、来世では魚や鳥に生まれかわり、自らの肉を食わせて前世で受けた恩を返すことになるというぞ。

長い話になるが、まあ聞け。

俺が牛込馬場下《うしごめばばした》*3にいた頃、近所に二ノ宮甚六《にのみやじんろく》という町人がいた。尾張《おわり》*4の国の生まれで、幼少より武家に奉公していたが、何を思ったか、町人になって江戸に出て馬場下に住み伽羅油《きゃらあぶら》*5を商っていた。この甚六は、貧乏では何ごとも思い通りにならず生きる甲斐がない、十五年間、徹底して倹約し、百両の金が貯まったら女房を迎え、表通りに店をかまえる商人になりたいと考え、まず女房をも離別し独身となり、余分な家財道具は売り払って銭に替え、それを元手にして、日夜節約につとめ金を貯めた。突然、後世願《ごせねが》い*6と称し、毎年富士権現《ふじごんげん》*7へ参詣し、行商の先では犬のエサのようなものまでを食い、家では朝夕の食事*8も一ヶ月に十日もせず、それどころか他人の物を借用して返さない。その上、闇夜に隠れてゴミ捨て場をあさって薪になる木片を拾うなどしていた。毎晩のことなのでそのうち人に知られて乞食甚六などと呼ばれたため、馬場下に住みづらくなり、店をたたんで住み込みの奉公人となり、一、二年ほど勤めてまた大久保の七面宮近所に店を借り、以前のように伽羅油を売った。

その頃、甚六の貯金は二十両になっていて、いよいよ金の貯まるのが面白くなり、さらに倹約を心がけて夏の暑さを忘れ、厳寒の冬に薄着でも寒さを感じず、こうして蓄財を始めて七年目の八月十八日の夕、寒気、頭痛、発熱がして商売を休んだ。日ごろ近所の人と交際しないものだから、甚六の家を訪れる人もいなかったので誰も気づかず、ようやく二十一日の夕方になって、しきりにうめき声のするのに気づいた隣家の人が「どうしました」と声をかけたけれども、酔っぱらいのように返事がなく、流行の伝染病に違いないと感染を恐れて見舞う人もなかった。「医師に診せよう」と言っても、甚六が首を横にふるので薬も飲ませられない。こうしているうちに熱はますます上がり、さすがに見捨てるわけにもいかず、湯を飲ませようとしたが口を閉じて飲まない。どうにかして薬を飲ませようと相談したところ、甚六はケチだから薬代を払うのがいやで飲まないのだろうと、「薬代は要らない、おごるから飲め」と言ってみたら、ようやく口を開けて薬を飲んだが、その時はもう手遅れだった。高熱にうなされているのに、巾着に入れた銭箱の鍵を人に取られないかと、病気よりそれを心配して巾着を腹の下に隠し、うつぶせに寝て、貯めた金を入れた箱をじっと見つめて、三十七歳でついに八月二十四日の夕方に死んだ。

この甚六には江戸に親類もなく、葬る人がいなかったので、仲介人と家主の立ち合いで、貯め込んだ金銭を確認し、それに家財道具を売り払った金を合わせたところ、合計六十三両あまりになった。甚六は遺言に「死んだら麻のかみしもを着せ*9、二ノ宮甚六と書いた札を左の手に持たせて葬ってください」と言い残した。日ごろ甚六が言うには「今でこそこんなみすぼらしい身の上だが、生まれかわる時は必ず高位高官の子に生まれる」と風呂敷を広げていたので、大名高家《だいみょうこうけ》の子に生まれかわった時の証拠のため、そう望んだのだろう。その愚かさが世間の人から蔑まれた理由なのに。欲に迷って大名高家をうらやんでそう言ったのだろう。浄土真宗専福寺《せんぷくじ》*10の檀家だったのでその寺へ葬った。さいわい貯えた金がたくさんあったので手厚く弔った。それでも金が残ったので、縁者を探しだしてその人に渡そうとしたが、この人は甚六と仲が悪く、そのうえ最期まで金銭に深く執着していたようすを聞いて、そんなに惜しんだ金は受け取りたくないと言う。仕方なく、二十八両あまりの金をもって仏像を鋳造させた。二尊院《にそんいん》の境内にある弁才天の宮*11に今もある大日如来像は甚六死後に建立した仏像である。

昔、北陸の大名に若君が誕生したが左の手を握ったまま開かなかった。どうしたことかと思っていたら、三歳の誕生日になって初めて握った手を開いた。掌を見ると「湊村新左衛門《みなとむらしんざえもん》」と書いてある。不思議なことなので、そういう者がいるのかと探したところ、常陸国《ひたちのくに》の湊村《みなとむら》*12に新左衛門《しんざえもん》という百姓がいた。低い身分の貧しい者だったが、生まれつきおおらかで正直者として有名だったので、大名新左衛門、仏《ほとけ》新左衛門と呼ばれていた。五十二歳で亡くなったが、へんぴな山里*13なので僧も来ず、家の裏の、低い山の下に埋めて、同村の者四、五人が集まり念仏を称えただけで葬った。この新左衛門は、心根が水晶のように澄んだ人だったので、魂はすみやかに空へ帰り、大名の子に生まれたのだろう。あの甚六もこの昔話[*14]を聞いていて、自分も大名の子になりたいと思ったのだろう。自らの邪欲を隠し、後世を願うと自ら広言して富士権現へ毎年参詣したのは大名になりたくてのこと。神は正直の頭《こうべ》に宿り給《たも》うと聞く。どうしてこんな非礼を喜ばれようか。

こんな物語もあるのだから、お前も心をあらためろよ。俺だからこんな意見を言うんだ。もし聞く耳持たないと言うなら、もうここへは来ない。どう思うよ」

長右衛門はつくづくと聞いていたが、苦笑いして不満げだった。伊兵衛は、こいつは馬耳東風《ばじとうふう》のたわけ者だと心のなかで見定めて、別れを告げて帰っていった。

〈注〉

＊1　**今井伊兵衛**　不明。長右衛門と同年輩の武士。住んでいたという馬場下には持弓組の組屋敷があったので、その関係者を想定しているのかもしれない。

＊2　**薬代**　江戸時代の医師の報酬は診療費ではなく、出した薬の対価として受け取っていた。

＊3　**牛込馬場下**　今の新宿区馬場下町。早稲田界隈。

＊4　**尾張の国**　底本は「尾張国羽栗郡曾根村」、今の愛知県一宮市の一部。

＊5　**伽羅油**　整髪料。ゴマ油に香料などを加えたもので鬢付け油として用いた。

＊6　**後世願い**　仏を信仰し、来世での幸福を願うこと。

＊7　**富士権現**　今の浅間大社のこと（静岡県富士宮市）か。明治以前は神仏習合で富士権現と呼んだ。しかし、富士講のこととも考えられ、そうであれば北口本宮冨士浅間神社（富士吉田市）になる。

＊8　**朝夕の食事**　江戸時代は一日二食が一般的。

＊9 **麻のかみしも** 麻布の裃。武家の礼装。

＊10 **専福寺** 『今古』では浄土宗とするが、実際は真宗大谷派。新宿区新宿六丁目に現存。

＊11 **弁才天の宮** 通称、抜弁天。新宿区余丁町に現存。二尊院は抜弁天の別当だったが明治の神仏分離で廃寺。

＊12 **常陸国の湊村** 常陸国は今の茨城県。同県ひたちなか市の旧那珂湊市地区が、かつての湊町、湊村。

＊13 **へんぴな山里** 底本では「片山里」。ただし、ひたちなか市の旧那珂湊市地区は海沿いの地域。

＊14 **昔話** 底本では「昔物語」。似たような転生譚は各地で伝えられており、明治以降もなお語られている。松谷みよ子『現代民話考5』（ちくま文庫）の第三章には、生まれかわりの証拠として「足のうら・手のひらなどに字」があったという話がいくつも収められている。

悪《わる》い夢《ゆめ》なら覚《さ》めてくれ

【田宮伊右衛門女房病気《たみやいえもんにょうぼうびょうき》の事《こと》 附《つけたり》 惣領権八郎死《そうりょうごんぱちろうしする》事《こと》】

伊右衛門はたびたびの不幸に気が弱くなり、ひまさえあれば寺院を参詣し、親や子の命日には自宅へ僧を招いて仏を供養し、毎月八日二十八日には宗旨だからと雑司ヶ谷《ぞうしがや》の鬼子母神[*1]へかかさず参拝し、まこと後世願いの伊右衛門[*2]だと言われた。

娘お染《そめ》は既に二十歳になったが独身で、望みがあったため縁談は進まない。その上、権八郎《ごんぱちろう》が父の跡を継ごうと思わないようすだったので、お染の縁談は今少し見合わせ、お染に婿を取るか、権八郎に跡を継がせるか、成り行き次第で決めようと思っていたから縁談の相談にも身が入らない。それどころかお染が憎まれ者の土快《どかい》の実子であることは皆が知っていたので「あいつの娘ならば世話など焼くものか」と言って、組の内では縁談を仲介する者もなく、ぼんやりと月日を過ごしているうちに、花の盛りも衰える頃になった。

母のお花は年始の挨拶に出かけた帰り道、北風に襟元がぞくっとするやいなや、しきりに寒気を覚え、胸痛が耐えがたくなったが、寝込みもせずに療養に努めていた。四、五人の医師に診せたけれども診断がつかず、あれこれ言って薬を処方するが、日がたつにつれて次第に病状は重くなった。

この春より妊娠したので、はじめはつわりだろうと思っていたが、そのようすでもなかった。

四月八日、[*3]増上寺《ぞうじょうじ》の涅槃像《ねはんぞう》は江戸一番だということで、ちょっと気分は優れないけれど拝もうと、権八郎は友達十人ばかりと連れだって涅槃像を参拝しに行った。日暮れどきに帰ってきたが、かなり酒に酔っていて早々に寝室に入った。夜半頃、しきりにうめいて苦しそうなので、家族が目を覚まし驚いて、まず近所の医師を呼び寄せ薬を飲ませ、鍼灸師の春庵《しゅんあん》[*4]も呼んだ。時気《じき》にあたって大霍乱《だいかくらん》[*5]だということでいろいろと治療を試みたが意識がはっきりせず、天井を見つめ、何かものをつかむような仕草をして何も言わない。顔に水を注ぎ気付け薬を飲ませたが、翌日昼過まで意識が戻らなかった。母お花の病気を診てもらった医師たち四、五人を呼んで診せたけれども、大霍乱だと言うばかり。へそのあたりに灸を五、六十もすえたら、少し意識を取りもどしたのか何かを言う声が聞こえたが、ただ「見よ、見よ」と言うばかりであった。ときおり口より赤火箸[*6]のようなものが飛び出ようとする。汗は滝のように流れ、苦しみは見るに耐えない。

こうした症状には祈祷《きとう》がいいだろうと、赤坂より貴明院《きみょういん》[*7]という祈祷僧を呼び寄せ、悪気を払わせた。祈祷僧もここ一番と汗だくになって一日一夜、法華経を読誦したが効果がない。独参湯《どくじんとう》[*8]の効力もつきて、顔色は青黒く汗が流れおち、悲しいかな十九歳で四月九日の深夜に眠るが如く死んだ。

残された親と姉はひたすら夢なら覚めろと嘆いたが、今さらどうしようもない。胸のあたりに少しあたたかいところがあったので、もしやと灸をすえて、家の中で火葬にするほどせっせともぐさをくべたが、身体は次第に冷たくなり、泣き伏すより他は手立てがない。見舞いに来た人までもらい泣きした。明けて十日は、伊右衛門夫婦は寝床から起きあがれないほどだったが、どうしようもないことなので、葬礼を急がせ、火葬場の煙となった。

〈注〉

＊1 **雑司ヶ谷の鬼子母神** 日蓮宗寺院法明寺の鬼子母神堂。豊島区雑司ヶ谷三丁目に現存。元禄時代に流行した。

＊2 **後世願いの伊右衛門** 前の今井伊兵衛の話の中で甚六が自ら後世願と称したことに引っかけてある。

＊3 **四月八日** 四月八日は釈尊の誕生を祝う灌仏会が寺々にて行なわれるが、その日に涅槃像を拝みに行くのはイロニーなのでもあろうか。なお、増上寺（港区芝）には元和一〇（一六二四）年作とされる涅槃図がある。

＊4 **鍼灸師の春庵** 底本では「針立の春庵」。『全書』では春庵の名はなく単に針医とする。『今古』では春庵の他に「按腹の帯市」という按摩師も登場させている。

＊5 **大霍乱** 霍乱は漢方医学の概念で熱中症ともコレラとも言われるが、現代医学の定義とは完全に一致しない。衰弱、嘔吐、下痢などの症状のある病気。暑気などによって体内の気のバランスが乱れたことによると考えられていた。

＊6 **赤火箸** 焼け火箸のような赤く細長いもの。長右衛門の娘お常の場合は、赤い蛇のようなものが見られた。似たようなイメージは中世の説話集『沙石集』にも見られる。「南都の戒壇院の僧の語り侍りしは、或在家の女房霊病ありしを、千手陀羅尼をみてけるに、刀のやうなる物をはきいだして侍りけり。又或女人、陀羅尼誦する僧どもの目に見えて、蛇走り出でて、つかはるる女房が前へ、はひ入ると見えけるが、其女人狂ひやみけり。うはなりが、霊蛇にて見えけるといへり」『沙石集 下』岩波文庫、八〇頁。

＊7 **貴明院** 『今古』『全書』ともに奇妙院とする。切絵図を見ると赤坂の山王権現（今の日枝神社）の周囲に「何々院」とする寺院が多くあった。この祈祷僧もそうした寺院のいずれかに所属していたと思われる。

＊8 **独参湯** 漢方薬で代表的な気付け薬。朝鮮人参から作る。

吉原《よしわら》に行《い》きたい

【伊東喜兵衛《いとうきへえ》隠居《いんきょ》 并《ならびに》 新右衛門《しんえもん》を養子《ようし》にする事《こと》 附《つけたり》 喜兵衛《きへえ》新吉原《しんよしわら》江《へ》行事《ゆくこと》】

二代目伊東喜兵衛《いとうきへえ》*1は義父土快《どかい》とは違い、人柄も悪そうに見えず、同僚に厳しくあたらず、その上、鉄砲が上手で組の内に並ぶ者がなかったので、上司の松平五郎左衛門《まつだいらごろうざえもん》*2にも評価されていた。ところが好色な男で*3、妻を迎えず、新吉原*4の遊廓《ゆうかく》に通いつめて金を使ったから家計は日に日に衰えた。もうどうしようもなくなって、隠居して養子を取ろうと考え、病気を理由に届け出して、新右衛門《しんえもん》*5（二十六歳）という男を養子にした。新右衛門からは家督相続の持参金三百五十両に、隠居一生の内は一年ごとに米五十俵分の手当てを受け取る契約をして、翌年、屋敷の裏に隠居部屋を建てて移り住んだ。

こうして隠居の身となった喜兵衛は、誰はばかることなく悪友たちと日夜悪所《あくしょ》*6に出かけて遊び暮らしていたため、隠居して一年半ほどで新右衛門から受け取った持参金も残り少なくなった。新右衛門からは五十俵分の手当もあるが、それは大隠居土快へ送る分なので、すっかり懐が寂しくなった。まだ若いので、どこか大名屋敷にでも雇われたいと思ってあちこち問い合わせたが、元与力の隠居を雇おうという屋敷もなく、持参金付きの妻を迎えてその金でとも思ったが、隠居のもとへ金を持参して嫁入りしようという女もいるはずがない。

どうしようかと日夜考えているあいだも吉原の香が鼻につき、投節《なげぶし》*7の声、三味線の音が耳に残って忘れがたく、女中に安物の三味線を弾かせ、散茶女郎《さんちゃじょろう》*8に見立ててみたけれども面白くない。遊びで口説いてみたら爆笑されてしまい、抱きよせてみたら生臭い匂いがして気分がそがれる。こんなことをしているうちにいよいよ吉原が恋しくなり、かつて豪遊した日々のことを思い出せば*9……。

……谷中《やなか》の森の烏の声を聞いてもう朝かと夢から覚めたら、後朝《きぬぎぬ》って言うんですか、あの娘《こ》の乱れた髪が腕枕の上にばらっとほどけて、まだ帰りたくないなって思っているのに迎えの船が着いたとの報せ。泣く泣く床を起き出して、名残を惜しみながら冷酒を酌み交わしていると「また近いうちに来てね」なんて言われちゃったりして。「うん、また来るよ」って約束した女郎の面影が思い出される今日この頃。くしゃみが出るのは吉原で誰かが私の噂をしているからかな。そう思うと恋しさもひとしお。……

煩悩に執着すれば病となり、執着しなければ薬となるとは昔の人の教えである。

……会いに行きたくてこんなに心も乱れているのに、会いに行けないこの身の悲しさ。さびしくて涙が止まらないどうしよう。ご意見無用の恋の道、地獄に落ちてもかまわない。とかなんとか……

二代目喜兵衛が吉原に恋い焦がれて一人で悶々としていたところに、遊び仲間の上村庄助《うえむらしょうすけ》*10という浪人が訪れた。

「あんまり寂しくって、うちの女中に三味線を弾かせて、酒の相手をさせて見たけれどもつまんなくてさ、誰か来ないかなって思っていたところだったんだ。ヒマなら今夜ゆっくり話そうよ」ところが庄助は「ちょっと相談があって来たんだ。話がつけば明日ゆっくり遊ぼう。今夜はちょっとうちに用事があってさ」と言う。

「何々どんな相談？　早く話しなよ」

「さっき多田三十郎《ただ さんじゅうろう》[*11]から手紙があって、明日、吉原へ行こう、俺らもつきあえ、と、お前もヒマなら一緒に来い、そう伝えろって言うんだよ」

「三十[*12]のやつはもうじき結婚するんじゃなかったっけ。その準備で忙しいとか聞いていたけどな。あの貧乏男が吉原へ行くって？　なんだか怪しいな、ただ俺たちを添え物にして冷やかしてまわるだけじゃないのか。そんなら行かないよ」

「俺もそう思ったんだけどさ、あいつ、与力の笠井源左《かさい げんざ》[*13]の仲介で嫁さんの持参金の半分を前渡ししてもらったらしいんだよ。きっとその金で吉原へ行こうというんじゃないか。とにかく遊びに行こうぜ」

「なるほど、あの貧乏者が人を誘って吉原へ行こうというのはそういうわけか。願ったりかなったり、渡りに船だ。行くって言っておいて。三十郎の食い倒れに座敷代を払わせて、思い切り遊んじゃおう。三人じゃ寂しいから、あと二、三人も連れて行こう。明日は節句の前日だから混んでないんじゃないか。こういうときがいいんだな。明日の夕方から節句過ぎまで居続けよう。菖蒲の節句は女の家[*14]だと言って吉原もとりわけにぎわう時期だ。牛込場《うしごめば》[*15]で待ち合わせだよ」

喜兵衛は喜色満面、翌日の約束をして庄助は帰っていった。

〈注〉

＊1 **二代目伊東喜兵衛**　お染の実父・土快から金で地位を買った二代目。元の名は傳左右衛門。

＊2 **松平五郎左衛門**　旗本、松平五郎左衛門正方。元禄四年（一六九一）八月、御先手組頭に就任、元禄十三（一七〇〇）年在職のまま死去。

＊3 **好色な男**　好色には風流も含まれるが、この二代目喜兵衛の場合は単なる女好き。

＊4 **新吉原**　江戸の公認遊廓吉原は、明暦三（一六五七）年に日本橋から浅草寺裏の日本堤に移転した。以後を新吉原という。今の台東区千束に史跡が残る。

＊5 **新右衛門**　『今古』では新左衛門。

＊6 **悪所**　遊廓や芝居小屋など。廣末保『辺界の悪所』平凡社参照。

＊7 **投節**　遊廓などで流行した歌謡。『嬉遊笑覧』巻之六上参照。

＊8 **散茶女郎**　吉原遊女のうち中級クラスの者。

＊9 **思い出せば…**　以下、二代目喜兵衛の妄想が長々と続く。冗長なためか、『今古』では大幅に省略、『全書』では丸ごとカットしている。本書でも大意のみ意訳した。底本では「朝より行ては浅草寺の入相に魂を消し夕部に出ては夜と共に移り香に染、更行鐘も未宵の間の心地するに谷中の森の寝座を放るゝ村烏の声に驚、夢打覚し朝寝髪のむすぼれて眉墨と共に手枕の上に乱れ動もやらず、ちゞに思ひ乱るゝ折節船むかい音信て泣く床を起出座敷の傍につい居ていと冷か成酒を名残に又近きにと契り置し女郎の面影身に添折節、くさめ出るは吉原にて我噂云にやと思へば一入床敷煩脳の起るは病と成付かざるは薬成と古人の教也。宜哉、思のきづなにむすぼれて心も乱髪の結甲斐なき身にしあれば、埋れ木の涙海士のそでならで、かはく間もなく忍ひ山のこがれも道葉の散行世の無常も余所にして思ひの火車に我と乗心の鬼の責来り、気の毒の山は富士よりも高らん、気の海は阿波の鳴渡よりはさはがしく」とあって、上村庄助の来訪に続く。

要するに、遊びに行きたいと言っている。

＊10　**上村庄助**　『全書』では上村彦之助とする。

＊11　**多田三十郎**　旗本、多田三十郎正房。『寛政重修諸家譜』には「元禄四年十二月二日大番に列す。七年四月十六日遊里にして争論し殺害せらる。よりて党類の者を糾明ありて各罪科に処せられ、二十七日正房が屍を斬罪せらる」とある。

＊12　**三十**　多田三十郎のこと。

＊13　**笠井源左**　笠井源左衛門（後出）、『雑談』では大御番組与力、すなわち三十郎の部下という設定。『御当代記』には多田三十郎と吉原に同行した人物として、桜井権左衛門という名が挙げられている。

＊14　**菖蒲の節句は女の家**　端午の節句には、女だけで物忌みし邪気を払う行事があり、これを「女の家」と言った。横山泰子氏のご教示による。吉原では端午の節句に遊女たちに夏用の衣装が支給され、また菖蒲の葉で地面や人を叩く菖蒲打ちという行事が行なわれた。

＊15　**牛込場**　『今古』『全書』には牛込の揚場とある。船着き場。外堀を水路にして舟が通っていた。

多田《ただ》三十郎《さんじゅうろう》と遊女《ゆうじょ》八重菊《やえぎく》

【多田三十郎《ただ さんじゅうろう》新吉原《しんよしわら》へ行事《ゆくこと》 附《つけたり》 遊女《ゆうじょ》八重菊《やえぎく》が事《こと》】

「君主を知ろうと思うならその臣下を見よ、人を知ろうと思うならその友を見よ」*1とは人間の弱点を見抜いた言葉だ。

さて五月四日の午後、二代目喜兵衛《きへえ》は約束の船着き場に一番に行って庄助《しょうすけ》たちを待った。集まったのは、多田三十郎《ただ さんじゅうろう》、笠井源左衛門《かさい げんざえもん》、気田平八《きだ へいはち》*2、忍町《おしまち》*3の深井覚兵衛《ふかい かくべえ》、上村庄助《うえむら しょうすけ》、それに喜兵衛を入れて総勢六人*4の武家の若者たち。船に乗って夕暮れ前には吉原の船宿*5につき、みなそこで刀を預け、頭巾《ずきん》や編笠《あみがさ》で顔を隠し町人を装って、日暮れごろから吉原へ入った。

三十郎の馴染《なじ》みの遊女は茗荷屋《みょうがや》*6の八重菊《やえぎく》（十八歳）というので、みなその店に行き、夜通し酒盛りをした。明日は菖蒲《しょうぶ》の節句なので、祭日の客はいつもより歓迎されるが、覚兵衛と平八は勤めの身、庄助もはずせない用事があるとかで、翌五日早朝にいっしょに帰ろうと三十郎に声をかけると、「お前らは勤めのある身だが、俺は浪人同然だから仕事もないし、四日でも五日も居続けようと思う」と帰ろうとしない。「せいぜい腰の抜けるほど遊べよ」と悪口を言って四人は帰って行った。三十郎と喜兵衛の二人だけが残った。翌日、喜兵衛は馴染みの遊女のいる他の店に行ったので、三十郎一人になって淋しく、誰か来ないかなと思っていたところに、六日の夕方、仕事を片付けた気田平八《きだへいはち》が茗荷屋へまた来て、三十郎といっしょに帰ろうと、また居続けした。その平八も八日の夕方に「明日の帰りの相談をしてくる」と喜兵衛のいる店に行ったので、三十郎は八重菊と二人だけになった。

去年の春から三十郎はこの八重菊のもとへばかり通っている。すっかりお気に入りで、八重菊も裏表なくうちとけて、まるで夫婦のようだった。夕方、八重菊がうつらうつらしているところを、三十郎は起こして話を切り出した。

「去年の正月三日、お前のところへ初めて来た日から今日まで他の店には行かず、一途《いちず》に通いつめてきた。袖すりあうも他生《たしょう》の縁《えん》と言うくらいだから、この縁を大切に思っているよ。お前もこれが仕事とはいえ、それだけではないと信じている。幸い俺にはまだ妻がいないから、お前を我が家に引き取りたいと相談もしていたのだけれど、旗本という立場が邪魔して、家族や親戚たちが許してくれないんだ。俺が三十近くまで独身でいるのがよろしくないと、妻を迎えろとうるさいのでしかたなくてさ、まもなく妻を迎える手はずになっている。だからといってお前のことを忘れられるはずはないけれども、独身の時と違って所帯持ちになると、今までのようにはしげしげとここに来ることはなくなると思う。来ても、お前の気分も悪いだろう。

明朝は必ず帰る。だから、今夜が最後だと思ってくれ。また会う日までの思い出づくりをしようと、四日前から今日まで居続けさせてもらった。もっと早く知らせたかったけれど、人に聞かれるのも何だかね。それに今まで約束したことがみんなウソになっちゃうわけだから、なんとなく言い出しかねて、今日まで言えなかった。もう決まったことなんだ、わかってくれ」

そう言った三十郎、涙ぐんでいる。

八重菊はしばらく黙っていた。ややあってから言った。

「奥様をお迎えなされますとのこと、この春のうちから噂には聞いておりました。まさかと思っておりましたが、今こそ確かなことを承りました。及ばずながら、まことにおめでたく存じ奉ります。殿様には、このような賤しき身を、かりそめにもお馴染みくださり、これまで懇意にしていただきましたこと、まことにありがたく篤く御礼申し上げます。

なお、奥様をお迎えなさいました後は、決して、決して、ここへお越しになるようなことは、ゆめゆめあってはなりません。この廓《くるわ》へ何年も通い続ける人で、ご安泰の方は十人に一人もおられません。その身に災いをお受けなさる人が多いのです。遊女は仕事とはいえ罪重きこととは思いながら、その日のお客様の歓心を買うことを言い、またお越しくださるようにご接待するものです。けっして偽りで言うのではありません。ただでさえ女は罪深きもの、ましてや人間扱いされない身[*7]になった私が、お屋敷などへ行けるなどとは夢にも思っておりませんでした。

ちょっと、泣いてんの？　これからも一年に一、二度くらいは日帰りで来なさいよ。昔馴染みのお客さんが来てくださると、お店での評価も上がるしさ、懐かしいし……、たまにだったらいいんじゃない？　つまらないことを気にしちゃダメでしょ」

三十郎は八重菊の言葉を聞きながら、遊女は真心を知らぬ者と聞いていたのになんていい娘なんだと号泣していた。八重菊は「そんなに沈まないで、さあお祝いしましょう」と座敷を立って酒や料理を新たに出し、店の女郎を大勢集めて、どんちゃん騒ぎを始めた。

こうしていたところに、三十郎の友達で鈴木三太夫《すずきさんだゆう》*8という浪人が茗荷屋の前を通りかかり、三十郎の声を聞きつけて座敷に上がり込んだ。「お前も遊んでいるとは知らなかったぞ。声が聞こえたんでやってきた。今夜はいっしょに飲もうぜ」と、そのころはやった投節《なげぶし》を「野辺《のべ》に蛙《かわず》の泣声聞《なくこえきけ》ば」*9と歌いだせば、八重菊も三味線の糸が切れるほどに弾きまくり、三十郎も盃を重ねた。

その夜はとても暑かったので、土手*10に出て涼もうと、三十郎と三太夫は連れ立って出かけた。八重菊が心配して「明日の朝のお帰りなら今夜は早くおやすみください。お話したいこともありますし、今から出かけるなんて……」と繰返し止めたのに、深酔いした三十郎が返事もせずに出かけたのが、この後の事件の始まりだった。

〈注〉

＊1　君主を知ろうと思うなら…　『荀子』には「伝に、其の子を知らずば其の友を視よ、其の君を知らずば其の左右を視よ、と曰う」とある（『荀子』下巻、岩波文庫）。『孔子家語』には「その人を知らずんばその友を視、その君を知らずんばその使ふ所を視」（藤原正校訳、岩波文庫）とある。この格言は『今古』『全書』には無い。

＊2　気田平八　『今古』では喜田平八、『全書』では寺田平八郎。実在した人物で『御当代記』には松平左京太夫の家来、喜田喜八郎とある。

＊3　**忍町**　地名現存。四谷にある町名。町屋で古着屋が多かったという。深井覚兵衛については不明。
＊4　**総勢六人**　多田以下五名に二代目喜兵衛を入れて六名。同行者については諸説ある。
＊5　**船宿**　吉原へは武士も刀を持ちこむことができないので、ここで預ける。
＊6　**茗荷屋**　茗荷屋は新吉原に実在した。「久夢日記」（『続日本随筆大成別巻5』吉川弘文館）、「けいせい色三味線」（『新日本古典文学大系78』岩波書店）などに登場する。『雑談』が茗荷屋という屋号を持ち出すのは、貞享三年（一六八六）に江戸町茗荷屋の遊女（最高位の太夫）大蔵が、馴染み客に誠を誓って小指を切った事件が喧伝されていたからだろうか。
＊7　**人間扱いされない身**　底本では「流を立て人の外に成候身」。吉原の周囲は堀をめぐらして一般社会から隔てられているので、流れを隔てて人間界の外にある身の上、という意味か。
＊8　**鈴木三太夫**　兼松又右衛門、または横山某という人物がモデルのようである。
＊9　**野辺に蛙の泣声聞ば**　『嬉遊笑覧』巻六上になげぶしの例として「のべにかはづのなく声きけば云々などあり」とある。
＊10　**土手**　吉原の大門を出ると日本堤という土手があり、その向こうに隅田川に通じる山名堀という水路があった。今は土手は土手通りという車道、水路は埋め立てられ宅地となっている。

四谷怪談の謎〈10〉茗荷屋《みょうがや》の八重菊《やえぎく》

伊右衛門の周囲の人々が次々と死んでいく物語の途中に、若い旗本たちが吉原で豪遊する華やかな場面が挿入される。一見すると本筋に関係のない余計なエピソードのように見えるが、この場面こそ『雑談』がいつの時代を描いているかを読者に知らせる重要な役割を持っている。元禄七年に実際に起きた出来事を題材にしているからだ。

多田三十郎は大御番組《おおごばんぐみ》の旗本・多田正房《ただまさふさ》。『寛政重修諸家譜《かんせいちょうしゅうしょかふ》』によると、実父正信《まさのぶ》の次男だったが、父が二十二歳で若死にして正房も幼かったため、多田家に養子に入って家督を継いだ義兄・正清《まさきよ》の養子となった。養子縁組があたりまえの江戸時代ではそれほど珍しくはないが、それなりに複雑な家庭環境で育ったようだ。

多田の相手をした八重菊はここでは茗荷屋抱えの遊女の源氏名。『けいせい色三味線』の吉原女郎惣名寄《そうなよせ》に茗荷屋の八重菊の名は見えないが、三浦四郎左右衛門抱えの格子女郎《こうしじょろう》に「やへぎく」の名がある。もっとも、源氏名としてはありふれたものだったろう。しかし、同時代の歌学者・戸田茂睡《とだもすい》の日記『御当代記《ごとうだいき》』によれば、多田の相手をした遊女は「二丁目松やの加賀野《かがの》」といったそうである。『御当代記』の記録が正しければ、『雑談』の登場人物は、公的な記録の残る旗本クラスは別として、名前と人物像を別々のところから借りてきて合成されている可能性も考えられる。八重菊か加賀野か、いずれにせよ若いのにしっかり者の彼女は、実際にはどんな女性でどんな人生を送ったのだろうか。想像するほかはないのだが。

多田《ただ》三十郎《さんじゅうろう》殺人事件《さつじんじけん》

【鈴木三太夫《すずきさんだゆう》多田三十郎《ただざんじゅうろう》を討《う》つ事《こと》】

ことわざに、口は災いのもと、[*1] と言う。

三十郎《さんじゅうろう》と三太夫《さんだゆう》は連れ立って廓《くるわ》のうちをぶらぶらし、それから外に出て土手の上で涼んでいた。

「俺は明日帰るけど、三十郎はどうして長逗留しているのさ。お屋敷の方はいいの?」

「うちのことは家来たちによく言いつけておいたから大丈夫。明朝船宿まで迎えに来るはず。長逗留したのは、ちょっと内輪でいいことがあって、これからはここに来ることも少なくなるだろうと思って、四日から居続けていた。遊び納めってわけ」

「そりゃまたどうして?」

「それがさ、俺がここにしばしば通うのを、家族たちが止めてたびたび説教するのに俺が言うことを聞かないから、とにかく妻を持たせようと勝手に相談を決めて、持参金つきの女房を迎えることになったんだ。その持参金から先払いで少しもらった。そうでなければ俺みたいな貧乏旗本が四日から今日まで逗留はできないよ」

「それはおめでとう。奥さんもらったらこんなところで遊んでちゃだめだよ。妻帯者の来るところじゃない。ところで、去年、銀子《ぎんす》百五十目《もく》くらい貸[*2]したよね。まさか忘れちゃいないよね。ちょうどいいや、今夜ちょっと入用があってさ。今、懐に金があるなら返してくれないかな」

「おいおい、こんなところで借金の話はやめろよ。金の持ちあわせはあるけれど今は返せないな。近々、うちの屋敷へ来てくれ、その時に清算しよう」

三十郎の嘲笑うような態度に三太夫はむかっときた。

「いや、そう言われても、たびたび催促しているのに今日まで返してくれないじゃないか。お屋敷に行けばご家来衆があいだに立つから細かい話もできない。それなら明日、帰る時にお宅までいっしょについて行くよ。その時にきっと返してくれるようにしてほしいな」

三太夫がくどくど言うのに、三十郎は返事もせず「俺は暑いから涼みに来ただけ、借金の清算に来たわけじゃない」と言い捨てて土手から降りていった。三太夫はこれを聞いて、憎たらしい言い草だと頭に血が昇ったが、態度には出さずに廓の細道までぶらぶらと歩いた。三太夫はかねがね遊女のことで三十郎に遺恨があり、折りあらば恥をかかそうと思っていたところに、先ほどよりの態度にますます腹にすえかね、ここで三十郎を切り殺しても誰にも知られはしまい、俺は茗荷屋《みょうがや》の客ではないし顔も名前も割れてはいまいと思い、物も言わずに抜討ちに切りつけた。

三十郎は切られながらも抜き合わせたが、初太刀《しょだち》で深手を負い、しかも酒にしたたか酔っていたから、脇差《わきざし》[*3]とはいえ大の男に切りつけられてはたまったものではない。二十七歳にして路地に骸《むくろ》をさらすことになった。三太夫は三十郎の懐中を探り、紙入《かみいれ》にある金を奪い取り、元のように紙入を懐へ入れて、とどめをささずに逃げていった。[*4]

〈注〉

＊1　**口は災いのもと**　底本では「口は災の門也」。『今古』では「禍災は色欲の両道より生ず」としている。

＊2　**銀子百五十目余**　『今古』では百五十両とする。

＊3　**脇差**　底本では「弐尺七八寸の太刀」。脇差しである。大刀は船宿に預けてある。

＊4　**とどめをささずに**　『全書』では「留めを刺して」とする。『今古』では眉間を割られたのが致命傷とする。

四谷怪談の謎〈11〉犯人は誰だ？

多田三十郎を殺した犯人は鈴木三太夫である。『雑談』ではそうなっている。この事件は実際に起きた出来事で、『徳川実紀《とくがわじっき》』、『改正甘露叢《かいせいかんろそう》』、『御当代記《ごとうだいき》』など複数の文献に記録が残されているが、吉原で多田三十郎を斬り殺した下手人の名はまちまちである。『徳川実紀』では小姓組兼松又右衛門《かねまつまたえもん》某としている。これに対して『改正甘露叢』では松平左京太夫《まつだいらさきょうだゆう》の家来・喜田喜八《きだきはち》が犯人で、兼松又右衛門は御法度の吉原に同行したことで罰せられたとする（喜田喜八は『雑談』の気田平八のモデル）。同時代の歌学者・戸田茂睡《とだもすい》の日記『御当代記』では甲府家家臣横山半九郎《よこやまはんくろう》の弟、横山五郎兵衛《よこやまごろべえ》が犯人で、兼松又右衛門や喜田喜八郎は三十郎の同行者だとする。

このように情報が錯綜したのは、当時、警察発表もなければ、それを報じるマスメディアもなく、口コミが頼りで、憶測をまじえた話が飛び交っていたからである。

旧吉原遊郭の名所の一つ見返り柳
(2013年5月、撮影＝編集部)

これまでに何度も植え替えられ現在の場所に移された。見返り柳沿いにスカイツリー方向に伸びる車道が土手通り。かつてはここに、多田三十郎が涼みに出た吉原の土手があった。

逃《に》げ出《だ》した男《おとこ》たち

【伊藤《いとう》喜兵衛《きへえ》気田平八《きだへいはち》被召捕事《めしとらるること》 附《つけたり》 鈴木三太夫《すずきさんだゆう》自害《じがい》する事《こと》】

そのころ茗荷屋《みょうがや》では三十郎《さんじゅうろう》が死んだことは夢にも知らず、夜食の支度をして夜十時過ぎまで待っていたが、三十郎もつれの男も帰ってこなかった。そこに平八が、喜兵衛《きへえ》のいる店より帰り、八重菊《やえぎく》に三十郎の行方を尋ねた。

「まだ宵のうちに見かけないお連れ様がお見えになって、涼みに行くと三ン様《さんさま》*1と一緒にお出かけになったまま、まだ帰ってきません。たぶんぶらぶら歩いて、他のお店にでも寄っているのでしょうが、困ったものです」

平八はこれを聞いて「三十郎の方向音痴め、どこへ行ったのやら、放っておきなさい。一、二年の内には帰るだろうよ」と悪態をついていた。この吉原の裏通りの細道ではしょっちゅう辻斬りがあって、昼でも一人で歩く人は少なく、まして夜中では地元の人でも通らないので、三十郎がここで斬られたとは誰も気づかぬまま夜が明けた。

九日の朝、三十郎と喜兵衛の迎えの者が舟宿まで来たが、喜兵衛の家来は内々の用事があってそのまま吉原に入った。日本堤《にほんづつみ》*2を通りかかったとき、裏通りで斬られた者がいるとの噂を耳にして細道に行ってみると、喜兵衛の羽織を着た三十郎の見るも無惨な斬殺死体。大急ぎで喜兵衛のいる店に行き、そのようすを報告すると、喜兵衛も驚いて、俺は知らなかったことにすると、あわてふためいて舟宿へ帰った。

三十郎の家来は舟宿で待ち受けていたが、喜兵衛は帰ってきたのに三十郎が帰らぬことを不審に思い「主人はどうしたのでしょうか」と尋ねると、喜兵衛は「三十郎殿とは初めは一緒だったが、二、三日以前より別行動になり、別の店で遊んでいたので、三十殿がどうされているのか知らぬ」と言って急いで自宅に帰っていった。

人が斬られたという噂は拡がり、吉原からも野次馬が集まった。茶色の羽二重で、木瓜《ぼけ》の紋[*3]の付いた羽織を着た二十六、七に見える男が、二刀で斬り殺されていた。廓の客か通行人か、武士のようだが脇差だけで大刀はない、すると廓の客が涼みに出て切られたのだろうとは衆目の一致するところ。気田平八《きだへいはち》も噂を聞いて行ってみれば、三十郎が斬り殺されていたので、見るやいなや帰っていった。茗荷屋へもそのようすを知らせて、俺は知らぬと取るものもとりあえず、奉公先に帰っていった。

三十郎を迎えに来た家来は、九日の朝必ず舟宿まで来るはずなのに、早朝から来て待っていたが、なかなか三十郎が帰ってこないので茗荷屋まで迎えに行った。店先でようすをうかがうと、なかは大騒ぎで八重菊が取り乱して泣き崩れている。楼主《ろうしゅ》から詳しい話を聞くやいなや現場に走って行くと、疑いもなく主人三十郎が伊東喜兵衛の羽織を着て斬り殺されていた。家来は涙にむせびながら、まず茗荷屋に戻って昨夜のようすを尋ねたが、はっきりしたことはわからない。しかたなく急いで屋敷へ帰り報告すると、親類たちが集って相談し、まずお頭[4]へ届けた。

舟宿[5]でもこの事件を伝え聞いて、三十郎が預けた刀を奉行所へ提出。茗荷屋の楼主は三十郎の衣服を届け出た。奉行所では当日の相客について尋ねたが、事件の夜に三十郎を誘い出した男の名はわからなかった。そこで八重菊や店の者も呼び出されて事情聴取を受け、鈴木三太夫《すずきさんだゆう》という浪人であることが判明した。しかし、吉原に三太夫に味方する者がいて、このことが知らされ、三太夫は牛込の自宅から姿を消した。

喜兵衛は同僚による厳重監視付きで軟禁。気田平八は青山百人町[6]の近所の屋敷に勤めていたが、主人方にて監禁。両名とも三十郎が殺されたのに知らぬ顔をして逃げ帰ったのが不届きとされた。三十郎の死骸は親類どもが引き取り、多田家は絶えた。[7]よりにもよって事件の起きた八日は御精進日[8]であったので厳罰に処せられたのであろう。

姿を隠していた三太夫は、三十郎の親類が探索させていたので、逃げ切ることは出来ないと観念したのか、五月二十一日、三十郎を斬ったようすを書置きし、早稲田で腹を切って死んだ。[9]これは自分が腹を切れば喜兵衛と平八の嫌疑が晴れるだろう思ってのことだという。こうして三十郎殺害犯が判明して捜査は落着した。三太夫は立派な男だと世間では噂をした。

〈注〉

＊1 **三ン様** 底本のママ。三十郎のことを八重菊はそう呼んでいる。

＊2 **日本堤** 地名現存、台東区日本堤。ただし、ここでは土手通りの台東区千束付近だと思われる。

＊3 **木瓜の紋** 伊東家の家紋。

＊4 **お頭** これは多田三十郎の上司である大番組の頭である森川紀伊守俊胤のこと。この事件では部下の監督責任をとって謹慎したが、後に若年寄に昇進。

＊5 **舟宿** 『御当代記』には栢や七右衛門とある。

＊6 **青山百人町** 今の港区北青山の青山通り沿い、地下鉄表参道駅からキラー通りまでのあたり。

＊7 **多田家は絶えた** 実際には多田家は存続した。三十郎の養父・正清は降格のうえ謹慎となったが後に許され、その後、息子の正倫が家督を継いでいる。

＊8 **八日は御精進日** 五月八日は四代将軍徳川家綱の命日にあたる。しかし、実際には多田三十郎が殺害されたのは四月十六日であり、すでに四月二十七日には兼松らの処刑と関係者の処分が行なわれていた。

＊9 **腹を切って死んだ** 三十郎殺害犯の名は記録によって異なるが、事件の関係者で逮捕前に自殺した者としては『甘露叢』と『御当代記』が横山五郎太夫（五郎兵衛）を挙げる。自殺した場所について『雑談』は早稲田とするが、『甘露叢』も『御当代記』も巣鴨とする。

首《くび》と胴《どう》との仲違《なかたが》い

【伊東喜兵衛気田平八被切事《いとうきへえきだへいはちきらるること》[*1] 附《つけたり》 喜兵衛死骸寺《きへえしがいてら》へ送《おく》る事《こと》】

こうして捜査は終わり、五月二十五日[*2]、伊東喜兵衛《いとうきへえ》は牢屋にて斬首。気田平八《きだへいはち》も同日主人方にて斬首された。喜兵衛の養子新右衛門《しんえもん》は謹慎していたが、養父のことだからと喜兵衛の遺体を引き取って寺に葬った。寺で遺体を浄め、首をつなげてみると、首は喜兵衛の首だが、胴体は誰の身体だか、左の腕に南無阿弥陀佛という入墨があって、喜兵衛の遺体ではない。しかし今さらどうにもならないので、気がつかないふりをして葬った。昔から首と胴との仲違いというのは、こうしたことを言うものかねと人々は笑いあった。その日、牢屋で処刑された者が二十人あまりいたため、首は判別できても胴は見分けるのが難しく取り違えたのだろう。

〈注〉

＊1 伊東喜兵衛気田平八被切事　底本では「伊東喜兵衛気田平八被事」となっており、「切」が脱字。『全書』を参考に補った。『今古』ではこの項を独立させずに前項の続きとしている。

＊2 五月二十五日　前章注8でふれたとおり、実際には四月二十七日である。

四谷怪談の謎〈12〉伊東喜兵衛《いとうきへえ》が実在した?

多田三十郎が吉原で殺害された事件は実際に起きた出来事であり、複数の史料に記録されていた。そのなかに伊東喜兵衛の名もあることを小二田誠二氏がかねてより指摘していた（小二田誠二「怪談物実録の位相――『四谷雑談』再考」、長谷川強編『近世文学俯瞰』汲古書院、一九九七所収）。

小二田氏によれば『御当代記』は事件に連座した者の名前として、稲葉庄右衛門《いなばしょうえもん》組与力の伊東喜兵衛と、松平五郎左衛門《まつだいらごろうざえもん》組与力隠居の桜井権左衛門《さくらいごんざえもん》、松平左京太夫《まつだいらさきょうだゆう》家来の気田喜八郎《きだきはちろう》（気田平八のモデル）を挙げている。伊東喜兵衛は確かに実在した。ところで、小二田氏はもうひとつの史料『改正甘露叢《かんろそう》』にも注意を促している。そこには事件に連座して逮捕処刑された者の名前として、稲葉庄右衛門組与力の桜井新左衛門《さくらいしんざえもん》と、松平五郎左衛門《まつだいらごろうざえもん》組与力の伊東猪右衛門《いとういえもん》の名が挙がっている。名前の微妙な違いはこの際無視してもよい。伊東喜兵衛は伊東猪右衛門であり、そして桜井権左衛門と桜井新左衛門は同一人物である。問題は、伊東と桜井の所属の方だ。

伊東喜兵衛を稲葉庄右衛門組与力とする『御当代記』が正しかった場合、伊東喜兵衛は四谷左門町の御先手組御家人たちの一人ではなくなる。当時、稲葉庄右衛門は持筒組《もちづつぐみ》頭だったからだ。むしろ桜井某という人物が松平五郎左衛門組与力隠居とされていることに注目される。松平五郎左衛門組、すなわち左門町の御先手鉄砲組の、しかも与力の隠居ときたら『雑談』の二代目伊東喜兵衛の立場そのものではないか。

一方、『甘露叢』が正しかった場合は、稲葉庄右衛門組与力の桜井新左衛門（または権左衛門）は『雑談』の笠井源左衛門のモデルにすぎず、松平五郎左衛門組与力の伊東猪右衛門こそ、『雑談』の二代目喜兵衛のモデルということになるかもしれない。

しかし、いずれも確証はない。『御当代記』と『甘露叢』だけから言える確かなことは、多田三十郎事件の関係者に伊東喜兵衛という人物がいたことと、左門町の御先手組与力（または与力隠居）が多田三十郎事件に巻き込まれて切腹したということである。ただ、この伊東喜兵衛こそ『雑談』の二代目喜兵衛のモデルであることは間違いない。

二代目喜兵衛の出自《にだいめきへえのしゅつじ》

【伊東喜兵衛が由緒尋る事《いとうきへえがゆいしょをたずねること》*1】

龍昌寺《りゅうしょうじ》*2の鐘が諸行無常《しょぎょうむじょう》と響けば笹寺《ささでら》*3の鐘は寂滅為楽《じゃくめついらく》と聞える。

二代目喜兵衛はふだんから「善人と言われても悪人といわれても同じ一生。人の噂も七十五日で、それをすぎれば思い出す人もいない。人間五十年の間なら楽しめるだけ楽しんだ方がよい。どうせ諸行無常さ」と言っていた。祐天上人《ゆうてんしょうにん》*4は諸行無常を悟って、没後の享保四年にその名を冠した祐天寺が建立されて生前の徳を天下に示した。喜兵衛もまた諸行無常を悟って死罪になり悪名を世間に残した。言葉は同じでも中身は正反対だ。

この喜兵衛という男の出自を調べると、御被官《ごひかん》*5の三男で、幼少の時より出家を望み、増上寺《ぞうじょうじ》*6で数年修行して才智も同輩以上だったが、非常に好色な坊主で品川宿*7の遊女に馴染み、昼夜遊廓をうろついていることが露顕して寺に居づらくなり、逃げ出して下谷《したや》あたりに隠れ住んでいた。何としてか身を立てようと昼夜工夫し、思いついてにわかに宗旨替え*8し、法名も日崇《にっすう》*9とあらため、僧俗男女の別なく交際し、できるだけお世辞を言ってまわったが、たいして信者獲得につながらない。その上まだ五十歳にもならない若坊主がただ一人庵室にこもって若い女を招き入れるのは、けしからんと思う人はいても立派だと評価する人はいなかった。

これではまずいと頭の腫れるほど考えて、誓信《せいしん》[*10]という尼僧と手を組むことを思いついた。誓信は、かつては新吉原の遊女で、格子の位[*11]までのぼったけれども、人気の盛りも過ぎて、歳も四十を越えたため訪れる客もまれになった。淋しさのあまり自然と無常を観じ己が罪を悔い、尼になって芝高輪に住んでいた。日祟は誓信をひそかに招いて内密に相談し、日蓮宗に宗旨替えさせ、法名も妙智《みょうち》とあらため、内実は愛人ながら、表向きは自分の継母と公表した。

それからは庵室もひときわ美しく整え、表情もやさしげに愛想よくふるまい、衣装にも気を使い、おしゃれをして、近所の若後家を招き信者獲得に乗り出した。日祟は立て板に水の弁舌で、まず女人成仏疑いなしというところから始めて、次に煩悩即菩提[*12]と説いて相手の心の中をさぐり、欲求不満のある後家には口に出すのもはばかられることまで勧誘した。金持ちを勧誘するにはまず女房よりたらし込み、身分が高くて男の自分でははばかりのあるところへは妙智を派遣した。妙智は十四、五歳より五十になるまで遊女として手管をみがいた古狐だから、人を化かすことは得意中の得意。仏道に引っかけて言葉巧みに説き伏せ、米や銭を寄進させ、こうして日に日に財産を増やしていった。やがて大名屋敷の女中まで招かなくとも庵室を訪れるようになり、泊まっていくこともあった。

こうして三、四年あまりたち、かき集めた金が三百両。もう頃合いだと考えた日祟は、一寺を建立すると宣伝してあちらこちらから寄付を募り、さらに百五十両あまりの金を集めた。それから日祟は病気と偽ってひきこもり、髪の毛の伸びるのを待った。

ようやく一年ほども過ぎて、もう男の姿になれるほど髪が伸びると、妙智の留守をねらってこっそり仏具も売り払って金に換えて日用雑貨だけ残し、妙智を置去りにして三枚橋[*13]の庵室を立ち退いた。百日ばかり田舎に隠れてさらに髪が伸びると還俗《げんぞく》して法衣を脱いで武士の服装に着がえ、ちょうど御先手与力が養子を探しているとの話を聞いて、これ幸いと土快《どかい》の養子になり、伊東喜兵衛と名乗ったのであった。

しかし、悪事をたくらみ、人をだまし、仏を商売のたねにして金を巻き上げたことに、仏罰がなかろうはずがない。また、こうしたエセ坊主にだまされて金をかすめ取られた人々も何かの報いだろうか。心根が悪いため、富貴を求め、よりにもよって悪逆無道《あくぎゃくむどう》の土快と縁を結び、会ったこともないお岩の恨み[*14]のとばっちりを受け、好色の道より失敗して、とうとう死罪になったのは恐ろしいことだ。

〈注〉

＊1　**伊東喜兵衛が由緒尋る事**　この章は『全書』にはない。

＊2　**龍昌寺**　龍昌寺は四谷塩町にあった曹洞宗寺院で現在は中野区に移転。

＊3　**笹寺**　笹寺は長善寺（曹洞宗）のことで新宿区四谷四丁目に現存。

＊4　**祐天上人**　浄土宗僧侶。祐天寺は東京都目黒区祐天寺に現存。『死霊解脱物語聞書』（白澤社）を参照。

＊5　**御被官**　大名・旗本の家臣のことか。

＊6　**増上寺**　港区芝にある浄土宗寺院。祐天も在籍した。

＊7　品川宿　東京都品川区北品川。東海道の最初の宿場町として栄えて遊廓があった。品川遊廓を題材にした落語に『品川心中』がある。

＊8　宗旨替え　浄土宗から日蓮宗に宗旨替えした。なお『雑談』には特定の宗派色はないが、全体的に日蓮宗に点が辛いように見える。大都市江戸では各宗派が信徒獲得競争を繰り広げていたのでその影響か。

＊9　日宗　『今古』では日宗。

＊10　誓信　改名して妙智。引退した吉原遊女が出家して尼僧になった例はあるが、この女性については不明。

＊11　格子の位　吉原遊女の階級で、太夫の下、散茶の上。太夫はトップスターで、散茶の下にはまだ二階級あるから、格子はレギュラーといったところか。

＊12　煩悩即菩提　要するに、大乗仏教の教理を悪用して性欲肯定論を説き、信徒の欲求不満に付け込んだのである。

＊13　三枚橋　下谷三枚橋。今の東京都台東区上野三丁目のあたり。

＊14　お岩の恨み…　いかにも取って付けたようなこじつけである。

追放《ついほう》された夜《よる》

【伊東新右衛門《いとうしんえもん》追放《ついほう》に成《なり》深川永代寺《ふかがわえいたいじ》へ退事《しりぞくこと》*1】

二代目喜兵衛《きへえ》が死罪になり、養子新右衛門《しんえもん》も養父の不始末の責任を負わされて追放と決まった。予想されていた処分だったので、新右衛門は従僕に命じて、替わりの大小（刀）、着替えなどを持たせて千寿通《せんじゅどお》り*2へ先に行かせた。新右衛門の処分は十三ヶ国のお構《かま》い*3という重いものだった。六、七人の武士に護送されて日暮れごろ千寿大橋*4に着くと、橋を渡ったところで護送の武士たちは帰っていった。新右衛門が橋のたもとにただ独り、どこへ行くあてもなく茫然《ぼうぜん》とたたずんでいると、約束通り従僕が荷物を持ってやって来たのでおおいに喜んだ。

とりあえず浅草の方へ向かうと、雨が降ってきたので茶屋へ立ち寄ったが、謹慎していたので髪もひげも伸び放題。どこでもすぐに追放人と知られて扱いが悪く、羽織をかぶって頭とひげを隠しながら駒形《こまがた》*5までたどり着いた。茶屋では（顔を見られぬよう）暗い方を向いて腰掛け食事をすまし、さて、ここから西へ行くべきか、東へ行くべきか、主従で相談した。「深川の永代寺《えいたいじ》*6の和尚は母方の叔父だから、助けてもらおう。それより他にしようがない。もし断られたらその時にまた考えればいい」と、深川に行くことになった。

五月二十五日、闇夜である。雨は降り続いていた。新右衛門主従は、あちらこちらで雨宿りして、ようやく夜遅く永代寺に着いた。しかし、すでに山門は閉め切られ、門をたたいても大寺院であるうえ、雨の音にまぎれて聞こえないようす。しばらく叩き続けて、ようやく「何者ぞ」と問われたので「四谷左門殿町よりの使いの者です。その旨お伝えください」と答えた。

報告を受けた住職は首をかしげた。

「左門殿町よりの使いならば新右衛門からなのだろうが、こんな夜中に使いを寄越す用事があるとも思えない。闇夜に提灯も持たずに来たというのも怪しい。事情がわかるまでうかつに門を開けるな」

寺にいた僧侶たちはみな起き出して提灯を灯し、何者が来たかと垣のすき間からのぞき込んだがはっきりとは見えない。よくよく見れば一人は腕まくりして菰《こも》をかぶり、もう一人はひげぼうぼうの大男、ますます怪しいと「門をしっかり閉めろ」と言って、出てくる人はいない。

新右衛門はなかが騒がしいのを聞いて、さては怪しまれたかと気づき、また門を叩いて「ご心配のような者ではありません。伊東新右衛門です。用事があって参りました。叔父上様へその旨お伝えください」と言った。住職はそれを聞いてもなお疑いが晴れず「新右衛門は勤めのある身だから、そんな格好をするはずがない。やっぱり怪しい」と、僧侶たちを集めて相談を始めた。そうしているあいだにも雨はますます強く降り、このままではどうにもならないと新右衛門は大音声で言った。

「伊東新右衛門に間違いありません。何を怪しんでおられるのか。たとえ見かけは怪しく見えても、姿こそ変われども声までは変わらないはず。和尚がお出でになってこの声を聞いてくださらないのが悔しい。雨は強く、たいへん困っています。仏の教えにも慈悲を施せとあるはず、苦しめよという教えなどありましょうか」

これを聞いた住職はなるほどと思い、門のところまで出て「何の用か、何者か」と尋ねた。新右衛門は叔父の声を聞いて「私です、伊東新右衛門です。困ったことがあって夜中ですが参りました。人殺しでもなく、追われているわけでもありません。詳しくはなかでお話しします」と言うと、住職は「(その声は)まさしく新右衛門に疑いなし」と門を開いてなかに入れた。それから新右衛門がこの間の事情を説明すると、和尚は涙を流して喜兵衛の追善供養をなされた。これで喜兵衛の罪も少しは軽くなるだろう。

こうして伊東の名跡は喜兵衛の代で絶えた。喜兵衛はもとより行いが悪いうえに、悪逆無道の土快《どかい》と縁を結んだため、養父の報いまでその身に受け、ついに災難にあって死んだが、新右衛門はふだんからまじめな者だった。いかなる理由で悪縁につながり思わぬ報いを受けたものか。喜兵衛の養子になる時、三五〇両の持参金を出して、そのうえ家督相続する間もなく追放の身になったのは気の毒なことである。

〈注〉

＊1 **伊東新右衛門追放に成深川永代寺へ退事** この項は『全書』では全体的に短縮されている。なお底本では「伊藤」とあ

るが、内容から「伊東」にあらためた。『今古』では新左衛門とする。

＊2 千寿通り 今の国道四号（日光街道）のことか？

＊3 十三ヶ国のお構い 追放の範囲。この場合の十三ヶ国がどこを指すかは不明だが、江戸はもちろん、武蔵・山城・摂津・和泉・大和・肥前・下野・甲斐・駿河など。

＊4 千寿大橋 今の千住大橋とほぼ同じ場所にあった。江戸の町の北の玄関。南側の橋のたもとには処刑場として知られる小塚原があった。

＊5 駒形 今の墨田区吾妻橋から東駒形のあたり。新右衛門主従は隅田川の東岸を川沿いに移動している。当時、吾妻橋、駒形橋はなく、両橋のあいだに駒形の渡し（竹町の渡し）という渡し場があった。

＊6 深川の永代寺 真言宗寺院。今の富岡八幡宮の別当寺。今の永代寺は明治の廃仏毀釈で廃寺となっていたのを復興したもの。

田宮伊右衛門女房病死の事　附 遺言之事

【田宮伊右衛門女房病死の事《たみやいえもんにょうぼうびょうしのこと》　附 遺言之事《つけたりゆいごんのこと》】

お花《はな》の遺言《ゆいごん》

田宮伊右衛門はあいつぐ不幸のうえ惣領《そうりょう》*1権八郎《ごんぱちろう》をも失い悲嘆にくれていた。その原因を思えば我が身を恨むよりほかない。妻のお花はその年の初めより病を患っていたところ、息子の死に気落ちして寝込んでしまい、次第に容態が重くなった。伊右衛門は、病気快癒《かいゆ》の願をかけて、雑司谷の鬼子母神へ一日に十二度、三日に三十六度参詣して祈ったが少しも効果はなく、苦しいときの神頼みとことわざに言うとおりであった。「鬼子母神に神頼みして女房の薬を求めるよりは、日頃から邪心という毒を断つべきだったよな」と人々は笑った。

二代目喜兵衛《きへえ》の処刑と新右衛門《しんえもん》の追放により、（お花にとっては実家も同然の）伊東家は断絶した。このことを知ればますます気落ちするだろうからとお花には隠していたのだが、お花はどこから聞いたのか伊東家断絶を知って驚愕《きょうがく》し、力を落してしまった。以来、いっそう容態は重くなり、次々に医師を呼んで治療に手を尽くしたけれども、日々に体力、気力ともに衰弱し、危篤状態となった。もはや命の火も消えようとしていたお花は、付添いの人を遠ざけて、伊右衛門ただ一人を枕もとに呼んでこう言い残した。

お岩殿嘸や〳〵童を恨給はん事こそ恥しけれ。

「わたしの命も今夜まででしょう。夫婦となって暮らした年月のこと、今さらですが、ありがとうございました。わたしについては死んでも悔いはありません。ただ、お染《そめ》が良縁に恵まれず、婚期が遅くなったことがかわいそうで、権八が死んでしまった今、お染に婿を取るしかないのでしょうね。

先ごろより続く不幸はひとえにあなたの心から出たものと常々思っていました。それというのも、先妻の御方《おんかた》、お岩殿とやら、いかなる御方か存じませんが、土快《どかい》殿と長右衛門《ちょうえもん》殿が怖ろしい企てをしてこの家から追い出したという話を聞きました。[*2] わたしがその時そうした事情を少しでも知っていたならば、土快殿にどれほどすすめられてもこちらへは来なかったのに、そんなこととはゆめゆめ知らずに嫁入りしたのが悔やまれます。

これは今さら命が惜しくて言うのではありません。お岩殿はさぞやさぞやわたしを恨んだことでしょう。女同士ですからお気持ちがわかります。もしそうした目にわたしがあったならばどれほど悔しいことか。

わたしが死んだらお岩殿の行方を尋ね、ご存命なら、呼びもどしてわたしと思って優しくしてあげてください。これより他に死後の望みはありません。お岩殿もわたしがこう願ったことを知れば、お染に辛く当たったりなさらないでしょう。

わたしは妊娠しています。[3] 死ねば血の池地獄[4]に堕ちるでしょう。けれども、この願いがかなうならば死後のお弔いがなくても成仏するに違いありません。もしもこの願いが果たされなければ、何度生まれ変わっても浮かばれることはないでしょう」

最期の願いを語る声も次第に弱り、お花は六月二十七日の午後、ついにこと切れた。四十三歳であった。


〈注〉
＊1　**物領**　底本通り。権八郎が跡取り息子に格上げされているのは、権八郎に跡を譲り、お染を他家に嫁に出す心づもりだったからだろう。その権八郎も死んでしまったから嘆きが深いのである。
＊2　**追い出したという話を聞きました**　底本では「御出し候由承ぬ」。文脈からは土快や伊右衛門から直接聞いたのではなく、噂話を耳にしたというニュアンスが感じられる。

＊3 **私は妊娠しています** 底本では「童は只ならぬ身也」。『雑談』では「童」は女性の一人称「わらわ」の当て字。

＊4 **血の池地獄** 底本では「血の池の苦み」。「血の池地獄」は『血盆経』に説かれた地獄。田上太秀『仏教と女性』（東京書籍）によれば、「血盆経」は一〇世紀頃の中国で製作された偽経をもとに日本で改作されて普及した。経血や出産の血を穢れとみなし、その血でできた巨大な池が地獄にあって、女性は死後この血の池に堕ちて苦しむのだとされた。

四谷怪談の謎〈13〉秋山長右衛門《あきやまちょうえもん》

お岩離別の謀議にいつのまにか秋山長右衛門が加わっていることにされている。「芝居」の秋山長兵衛は、喜兵衛が伊右衛門を説得する場面（伊藤屋敷の場）に同席していて、話が決まると「仲人は身どもが」と名乗り出るが、『雑談』の長右衛門はお岩が屋敷を出た後に伊右衛門からお花との仲人を頼まれただけであって、土快や伊右衛門と共謀したわけではない。それなのに茂助の注進以来、お花の遺言のなかでも長右衛門は初めから企みに加わっていたように語られ、この後の章でも、土快、長右衛門、伊右衛門の三人が共謀してお岩を追い出したので恨まれたと繰り返し語られるのである。いったいどうしたそんな話になったのか。

長右衛門の娘お常が急死したとき、弔問に訪れた長右衛門の友人・今井伊兵衛は、人の恨みを買ったのがいけないと咎めたのではなかった。長右衛門の度の過ぎた吝嗇を諭したのだった。つまりこの時点ではまだお岩失踪と秋山家の不幸ははっきり結びつけられていない。その後、田宮家の長男が若死にし、二代目喜兵衛が多田事件に連座して切腹する。どうやらそのあたりから伊東一派の運が傾いたとみなされ、祟りの噂が発生したという設定かもしれない。

伊右衛門《いえもん》、霊《れい》と問答《もんどう》する

【田宮伊右衛門先妻《たみやいえもんせんさい》の死生《ししょう》を尋事《たずぬること》　附《つけたり》　伊右衛門死霊《いえもんしりょう》と問答《もんどう》の事《こと》】

近藤六郎兵衛《こんどうろくろべえ》は田宮家とは先代の又左衛門《またざえもん》以来親交があり、妻がお岩のおはぐろ親[*1]でもあるので、伊右衛門の度重なる不幸を気の毒に思い、ある日、四方山話のついでに「俺は先代又左以来のつきあいだから、お前の不幸続きが嘆かわしく、世間で悪い評判を立てられているのも気の毒だ。お前の不幸はひとえにお岩の恨みに原因があると思うんだが、どうかね」と伊右衛門に尋ねた。

「それについては私も早くから気づいておりました。誰にも話していませんが、お岩はどこに行ったのかと探していました。乱心して奉公先を飛び出したきりとだけで、生きているのか死んでいるのかもわかりませんのでそのままになっていましたが、お花が気の毒がって遺言して死にましたので、またあちらこちらに問い合わせましたが、今もって行方知れずのままです」

「あれからもう二十年余にもなるからなあ。いっそ山伏に頼んで呼びだしてみたらどうだろう。生きていれば俺が訪ねていってよくなだめてみるよ。死んでいたらこれはどうしようもない。苗字の霊[*2]だから逃げようがない。よく弔って恨みを晴らせば以後祟ることもないだろう。どうするかね」

「なるほど、それで解決できるなら異存はありません。近藤さんにお任せします。よろしくお取りはからいください」

さっそく赤坂より不動院[*3]ら八名の山伏が呼ばれた。山伏たちは祭壇を設置して、不動明王を逆さまにすえ、錫杖《しゃくじょう》[*4]も逆さまに持って昼過ぎから夜中まで汗だくになって護摩を焚き祈った。祭壇には幣帛《へいはく》を持たされた十歳くらいの少女[*5]が立たされている。夜になると少女は幣帛を胸にあて目を見開き、身体をこわばらせた。ひとまずはこれでよしと山伏たちは休憩をとって汗をぬぐい、腹ごしらえするなどして、またひと祈りすると、少女は口を開いた。

「出てくるつもりはなかったが、神々の命令でしかたなく来た。私に何の用か、何を尋ねるのか」

山伏は「その方はまだこの世にあるのか、この世を去ったのか？　死んでいたなら望みのままに弔おう」と尋ねた。

死霊[*6]は答えた。

「これは愚かなことを言うものだ。私は田宮又左衛門の娘だ。この家は又左衛門が建て、私より他に子がないので、伊右衛門を以て死後の婿養子にして名跡を継がせた。であるから私こそがこの家の主である。ところが伊右衛門は邪心をいだき私を追出して栄華を極め、己が家のように思うことこそ奇怪である。

伊右衛門がこの家へ来て一年の間はそうでもなかったのに、母が亡くなってからはかまうこともないと思ったのか、傍若無人のふるまい、その上、伊東土快《いとうどかい》の妾に心を通じた。自ら[*7]がいるため望みがかなえられないので、私をこの家より出そうとしたけれども、できないため、たびたび毒殺を企てた。[*8]しかし、自らはそれに気づいて少しも油断しなかったため、殺すことができなかった。ところが土快の妾が妊娠し、どこかに縁づけようとしていたところ、伊右衛門が自らを嫌うことを聞きつけ、これ幸いと、土快、秋山長右衛門《あきやまちょうえもん》、伊右衛門三人の相談[*9]にて悪事を企て、私をこの家より追い出した。自らの味方になる親類もなければ、仲裁してくれる人もなく、おめおめとこの家を出されたのだ。

見よ、三人の者ども、形は死すとも念は死なずして、生まれかわって七代まで恨み続け、家を絶やさでおくべきか。いろいろと身に覚えがあろう。伊東家はすでに絶やした。[*10]伊右衛門は寵愛の子から先に取り殺し、残るは伊右衛門と娘のお染《そめ》だけだ。お染は土快の子なので伊右衛門とは血縁はないし、悪事に加担したわけではないので恨みは少ない。しかし長くはおくまい、油断するなよ。伊右衛門はこの家の主なれば田宮の家もこれまでだ。その身の心から出た報いだから自らをゆめゆめ恨むなよ。長右衛門も早く絶やしたいところだが、私に辛く当たったことが少ないので恨みも多くないが、お花の仲人となって、私を追いだしたのだからこれも長くはおかない。まず幼子より取殺した。覚えがあろうからこれ以上言うまい。

七年前の七月十八日、伊右衛門一家六人、この屋敷で人もなげに酒盛して、俺より他に子宝に恵まれた者はいないなどと広言したこと、あきれ果てるばかりで、見るも汚らわしい。自らが幻となって来たところ、伊右衛門が鉄砲で追い払おうとしたばかりに、その音に娘が驚いて死んだ。覚えがあろう。伊右衛門婚礼の夜も我が魂が蛇となって恨みを果たさんと来たけれども、今井仁右衛門《いまいにえもん》というつわものにさえぎられて思いを遂げられず、その他のことは言うまでもない」

伊右衛門はさすがに恥ずかしく思ったのか、障子の陰にて聞いていたが、死霊の言うことに一つとして違いがないので、[11]反論しようもなく「その霊媒[12]の言うことには確かに覚えがある。だがそなたと俺とは夫婦だったじゃないか、そんなに深く恨まれるとは思えない。もうずいぶん前のことなんだから恨みを晴らし、生きているなら住まいを教え、死んだならそのようすを詳しく教えよ。もし望みがあればかなえよう」と語りかけた。

「今さら私に恨みを残すなと言うのは愚なこと。あなたの悪意が天に伝わり、自らの恨みというよりも、天がお許しにならない。どうして邪な企みをなさったのか。とはいえ私にも一つ望みがある。この屋敷二七六坪[13]のまわりに塀を立て、一寺を建立して一日中、念仏の声を絶やさなければ、望みがかなったと思って恨みを晴らそう。これより他に望みはない。またこの世に有りや無しやと尋ねられたが、この世に有るとも知れず（無いとも知れず）、有るかと思えば有り、無しと思えば無し、自分はこの家の主だからどこへ行くわけでもない。愚かなことを尋ねるものだ。この他に言うことはない。早く帰らせてくれ」

死霊はこう答えるとその後は何を問いかけても何も答えない。しかたなく霊を帰す祈祷をすると、少女はうつぶせに倒れて気を失った。とりあえず成功したと山伏は祭壇を片付けて帰っていった。

〈注〉

＊1　**おはぐろ親**　底本通り。黒漿親に同じ。53頁の注2を参照。

＊2　**苗字の霊**　個人や血統に憑く霊ではなく、家系・名跡に憑く霊ということだろう。

＊3　**赤坂より不動院**　赤坂四丁目には赤坂不動尊（威徳寺）があるが、ここでは寺院ではなく人名。『今古』『全書』とも不動院の他に明王院という名を記す。

＊4　**不動明王を逆さまにすえ**　不動明王像を逆さまにすえる祈祷については、『さんせう太夫』（天下一説経与七郎正本）に不動明王の画像を逆さまに掛けて神おろしの誓文を唱える場面がある。これについては今井秀和氏（蓮花寺佛教研究所）のご教示を得た。

＊5　**十歳くらいの少女**　少女を依り代として、霊を憑かせ、問答する。

＊6　**死霊**　地の文では死霊と断定しているが、お岩と称する霊は自分の生死については語っていない。

＊7　**自ら**　底本通り。「自ら」はお岩の霊を名乗る者の一人称で「我」（私、と訳した）と併用されている。底本では一人称に「自ら」を用いる人物は他にない。

＊8　**毒殺を企てた**　底本では「毒をあたへ殺さんと企事度々也」。『今古』にはない。

＊9　**三人の相談**　土快、長右衛門、伊右衛門の三人が共謀したことになっている。前章で、お花が聞いたという話もそうだったようだ。

＊10　**伊東家はすでに絶やした**　底本「伊東の家は最早たやしたり」。しかし謀議の中心であった土快は生きている。恨みの対象は人ではなく家なのである。

＊11　**死霊の言うことに一つとして…**　底本では「死霊の云事一つとして違ひなければ」。実は霊媒の言葉はこれまでの記述と矛盾点があるのだが、むしろ「お岩の祟り」の噂がどういうものだったかを示しているとも考えられる。

＊12　**その霊媒**　底本では「其かたしろ」。かたしろ（形代）はこの場合、霊媒となっている少女のこと。

＊13　**屋敷二七六坪**　住宅部分ではなく敷地面積。御家人たちに与えられた屋敷地は同心でも百坪～二百坪はざらにあったら

しい。同心の場合、俸給が少ないので、住まいの他は畑にして農作物を育てたり花樹を植えて売ったりして、収入の足しにしていたという。陣内秀信『東京の空間人類学』（ちくま学芸文庫）に同心組屋敷の土地利用の分析がある。

四谷怪談の謎〈14〉毒薬疑惑《どくやくぎわく》

通称「髪梳《かみす》きの場」は、「芝居」前半のいちばんの見せ場である。伊右衛門に恋慕した孫娘お梅の願いを叶えようと、喜兵衛は血の道の薬と偽って「面体かはる毒薬《わ》」をお岩に飲ませる。按摩《あんま》の宅悦《たくえつ》から真相を知らされたお岩は「髪もおどろのこの姿、せめて女の身だしなみ、鉄漿《おはぐろ》など付けて髪梳き上げ、喜兵衛親子に詞の礼を」と言って化粧をはじめるが、かえってそのために美しいお岩の顔が醜い「悪女の顔」に変わる。私たちのよく知っているお岩様の怨霊の顔になる。この名場面の仕掛けが「面体かはる毒薬」なのだが、『雑談』のお岩は疱瘡《ほうそう》の後遺症でもともと醜かったとされているので毒を持ち出す必要がない。

ところが、『雑談』で山伏の口寄せによって呼び出されたお岩の霊は、霊媒少女の口を通して、伊右衛門はたびたび自分を毒殺しようとしたと言っている。『雑談』のこれまでの描写にはそうした記事はなく、霊媒少女の言葉のなかでのみ唐突に毒殺未遂疑惑が語られる。お岩に毒薬を飲ませる「芝居」の演出のヒントは案外このあたりにあったかもしれないが、それはともかく『雑談』のなかではこれまで毒薬は一度も出てこなかったのだ。そうすると伊右衛門に毒薬を飲まされそうになったと言っている者は、あれはいったい誰なのか？　ほんとうにお岩様本人なのか？

謎は深まるばかりである。

お岩《いわ》は往生《おうじょう》したのか

【田宮伊右衛門《たみやいえもん》前妻《ぜんさい》跡弔事《のあとをとむらうこと》　附《つけたり》光物《ひかりもの》出《いず》る事《こと》】

こうして伊右衛門は先妻の生死を尋ねたけれども、はっきりしなかったため、六郎兵衛《ろくろべえ》に相談した。六郎兵衛は「お岩が生きていたとしても、あのようすでは戻ってこないだろう。また怨霊が望むからといってこの拝領屋敷《はいりょうやしき》*1を寺にするわけにはいかない。ともかく、亡くなったものとして弔うのがよかろう」と言う。そこで菩提寺にて二夜三日の法事を営み、亡き跡を弔った。

そのうえ、大般若転読《だいはんにゃてんどく》*2をして悪気を払うべきだということで、十二月十八日、大般若六百巻を転読した。転読が終わろうとする時、虚空に家鳴《やなり》*3が二時間ほど続いた。そればかりではなくその夜の深夜二時ごろ、伊右衛門の屋敷のなかから白い手鞠《てまり》のような光物《ひかりもの》*4が出て西の空*5を指して飛び去ったという話を、近所の人は語り合った。さてはこの家に留まっていたお岩の魂が大般若転読の功徳によって飛び去ったのだろう、これでもう祟りをなすことはあるまい、と安心したのであった。

〈注〉

*1 拝領屋敷　御家人の屋敷は幕府から無償貸与されたものなので勝手に処分できない。

＊2　**大般若転読**　『大般若経』とは般若経系のさまざまな経典を集成したもので六百巻あまりある長大なもの。もともとは経典の虫干しをかねて全巻を開いたようだが、実際には経文をすべて読み上げるのではなく、経典を開いたり閉じたりすることを「転読」といい、その際のバタバタという音で邪気を払う行事。

＊3　**家鳴**　鳴屋とも。地震でもないのに建物が揺れギシギシと鳴る怪。

＊4　**光物**　発光して飛ぶもの。流れ星にも人魂にも使う。江戸時代の人にとって特別に不思議な出来事にのみ使う言葉でもなかったようで、随筆や日記などにしばしば出てくる。

＊5　**西の空**　浄土教で説く西方浄土、極楽浄土を意識している。

現代語訳 四ツ谷雑談集 下

世間《せけん》の人は勝手《かって》なことを言《い》う

【田宮伊右衛門源五右衛門《たみやいえもんげんごえもん》を聟養子《むこようし》にする事《こと》】

五十歳を越えたのに跡継ぎの男子がいないのは規則違反だから、養子を迎える心がけをせよと、組頭から内々に指示されたが、伊右衛門は誰にも相続させず、そのうえ妻お花の死後は、土快《どかい》と気まずくなり交際も途切れるようになった。

伊右衛門は土快の妹婿分[*1]であり、娘のお染《そめ》は土快の実子である。これほど深い縁なのに距離を置きはじめた理由は……。

土快には二代目喜兵衛《きへえ》から毎年五十俵ずつの収入が入るうえ、与力を務めた人だから世間でも重んじられていたが、二代目喜兵衛が処刑され、土快を支援する人もいなくなった。隠居の家計は日に日に苦しくなる。そのうえ親類もみな絶縁状態で他に頼れる人もいないので、伊右衛門の世話になろうとしていた。実子お染の婿養子が伊右衛門の跡を継げば土快にはなおさら好都合だが、伊右衛門にとってはうとましい話だ。それに、土快が実の父だと知っているお染の内心はどうだろうかと心配して、伊右衛門側より土快から遠ざかっていた。

そんなわけで親しい者たちが「婿養子を」とすすめても、伊右衛門は納得せず「とにかく娘は外へ嫁に出して、新たに養子をとりたい」と言う。「婿養子の持参金は三十両もないし、そのうえ土快のこともある。新たに養子を迎えれば持参金五十両は取れるが…、持参金目当てと思われるのもしゃくだ。子どもはお染一人だけになったから嫁に出すのは淋しいし…。どうしたものか」と昼も夜も悩んでいるものだから、疲れて食欲も出ず、気持ちは沈んで顔色も衰えた。

こうしているうちに妙な噂がひろがりはじめた。

「田宮家は生霊[*2]に取り憑かれて、子どもは残らず取り殺され、今は伊右衛門と娘一人だけだそうだ」

「へえ、あの二人もとっくに取り殺されてよい頃合いのはずだが、まだ生きているのか、ずいぶん時間がかかるな」

「伊右衛門もこのごろすっかり顔色が悪くなったよ。おおかた年内には取殺されると思うね」

「このあいだも夜中に女の生首が二、三十[*3]も火を吹きながら伊右衛門宅より飛び出したよ」

「昨夜も女の幽霊が二、三人出たそうじゃないか」

……と、悪い評判がたった。

たまに訪ねてきた人までも伊右衛門の顔をしげしげとながめて「早く跡継ぎを決めた方がいいよ」などと言うものだから、伊右衛門も一人心細くなって、どうしたものかと思っていたところに、何某の次男[*4]で源五右衛門《げんごえもん》という若者が、お染に一目惚れして持参金六十両で婿養子になりたいと申し出た。伊右衛門は大喜びして、さっそく婿養子の願いを届け出、許可がおり次第、養子に迎える約束をした。こうして婿を迎えることになって、伊右衛門は屋敷のあちこちを修繕し、隠居部屋の計画を練ったりしていた。

五月二十八日、その日は風雨強く落雷の多い悪天候で、強風に東側のひさしが壊れた。伊右衛門が屋根へ上って修繕していたところ、どうしたことか足を踏はずして屋根から落ち、腰を強く打って気絶してしまった。ちょうどそのとき家には誰もおらず、しばらくして意識を取りもどした伊右衛門は、ようやくの思いで自力で座敷へあがり、打身の薬を塗った。当座はそれほど痛みもなかったが、翌日より次第に痛みが強まり、立っていられなくなり、勤務に出られず寝込んでしまった。さいわい養子願いが許可されたので、予定を早めて、六月二十一日に源五右衛門を婿に迎えた。

お染はかつて、大名家に仕えさせるか、旗本の奥方にするかと伊右衛門夫婦も土快も将来を楽しみにしていたが、不幸が重なった結果、思いもよらず親の跡を継ぐことになった。はたしてこれでよかったのか悪かったのかと世間では噂した。

〈注〉

＊1　**妹婿分**　伊右衛門の後妻お花は土快の妾だったが、伊右衛門に嫁がせるにあたって土快の妹分として嫁に出した。

＊2　**生霊**　底本通り。『今古』では怨霊とするが、もとは生霊であったのはこの時点でもお岩の生死が定かではないから。冒頭からこの手前までのくだりは『全書』にはない。

＊3　**女の生首が二三十…**　首（頭）だけの怪異の話は抜首、舞首などいくつもあるが、一度に二、三十とは数が多く、類話が見当たらない。女の幽霊二、三人というのも誰のことを想定しているのか、一人はお岩だとして、あとはお花と誰か？

噂が噂を呼んで話がふくらんでいく状況が描かれている。

＊4　**何某の次男**　底本通り。『雑談』では伊右衛門自身はもちろん、二代目喜兵衛（傳右衛門）、伊東新右衛門など養子についてはその出自に言及されているのに、この源五右衛門については「何某の次男」で片付けられている。

【田宮《たみや》伊右衛門《いえもん》病気之事《びょうきのこと》　附《つけたり》　座頭《ざとう》色都《いろいち》物語之事《ものがたりのこと》】

鼠憑《ねずみつ》き

伊右衛門は屋根から落ちて腰を打ち寝込んだが、よい医師の治療で次第に快方に向かい、このようすなら隠居を急ぐこともなかった、あと二、三年も勤めてから源五右衛門《げんごえもん》に譲ろうかなどと思っていた。

屋根から落ちた時に左の耳のそばを傷つけた。小さな傷なのでそのままにしていたが、日増しに痛み、膿が出る。膿の匂いを嗅ぎつけたのか、鼠が来て膿を吸う。初めは一、二匹だったが、次第に増えて、寝ていると昼も来て膿をなめ、傷跡をかじる。鼠にかじられても痛みはなく、むしろ気持ちよく感じるほどだったので、初めのうちは傷跡を食い破られていることに気づかなかった。けれども放っておいては危ないと、ネズミ取りを仕掛けてみたがきりもなく、夜は看病人が交代で蚊屋のなかに入って見守ったが、毎晩のことで看病人も疲れ、居眠りしたとたんに、どこから来るのか、大鼠小鼠が無数に来る。

病床には、針治療のため呼ばれた色都《いろいち》という座頭《ざとう》[*1]が付き添っていた。この色都は「この鼠憑き[*2]は悪病です。こんなことがありました」と次のような話をした。

「さる大名の江戸屋敷に勤めていた女中のことです。髪をとかしたときに櫛《くし》の歯が頭にすこし当たって血が出ました。毎日櫛で髪をとかすごとに傷が重くなり、髪を結うこともできずに引きこもっていたところ、その匂いを嗅ぎつけて、ある夜、小鼠が一匹来て、腫物《はれもの》をかじりました。放っていたら鼠の数はどんどん増えて、やがて昼も夜もひっきりなしに来る。同僚の女中たちが打ち殺し、猫にもとらせたけれども、ますます数が増えて切りがない。どうしようかと相談しているうちに、頭の三分一くらいをかじられてしまった。医師もいろいろ治療したけれども匙を投げた。どうせ死ぬならば生まれ故郷で死にたいと願い出て、実家のある近江国《おうみのくに》佐保山へ帰ったが[*3]、道中の宿ごとにも鼠が来る、昼も油断すれば駕籠《かご》の中まで入ってくる。江戸をたって十五日で実家に着いたが、その夜より無数の鼠が群れをなして来て頭をかじったので、ついには鼠に喰殺された、ということです。

あとで聞けばこの女中は若い時に一度結婚していましたが、わがままで短気で義父母と折り合いが悪く、先妻の娘を憎んで意地悪し、使用人に対する態度も横柄で、夫の世話もせず、たいへん欲が深かったので、夫に嫌われて離別され、その後、奉公に出たということです。長年お屋敷に勤めたため老女《ろうじょ》待遇[*4]になり、ますます欲深く、金銀、衣類を山のようにため込み、部下の扱いも悪かったので、同僚の女中たちから嫌われ、ついには人々の恨みを受けたのか、鼠のために命を取られたということです。これを思うと伊右衛門殿の治療ができるとは思えません」

伊右衛門はたび重なる不幸に弱気になり、己の過ちを悔やみ、近頃では、寺院建立、仏像建立と聞けば先頭に立って寄付を集め、よそ目には信心者と見えたが、内心は仏道に暗く、本当の信仰を知らず、正しい道に進まないため因果応報を逃れられず、ついには自らの身中より鼠という病が出て我が身を損なう。獅子身中《しししんちゅう》の虫とはこのことだ。自らの心の他に悪鬼はなし。因果は車の輪のまわるが如し。地獄も極楽も我が身の内にあり。伊右衛門の病気を治療する方法はなく、源五右衛門夫婦の心配もいかばかりか。

〈注〉

＊1　**座頭**　鍼灸師。座頭は盲人の官位。

＊2　**鼠憑き**　底本では「鼠付きける事」。「芝居」でも鼠はお岩の怨霊の化身として大活躍する。

＊3　**近江国佐保山**　『全書』では佐和山とする。今の滋賀県彦根市。石田三成の居城、佐和山城があった。

＊4　**老女待遇**　底本では「老女中並」。老女は年齢のことではなく、職位で女中頭のこと。「並」とあるので実際の老女は別にいて待遇が同じということ。

四谷怪談の謎〈15〉鼠《ねずみ》の怪《かい》、其《そ》の一

美しい村娘といい仲になった伊右衛門がお岩をけなすと、村娘は急に態度を変え「すりや先妻のお岩さん、それほどまでに愛想がつきて、未来永劫見捨てる心か、伊右衛門さん」と問いつめる。娘はお岩の死霊の化身だったのである。

伊右「さういふそなたの面《おも》ざしが、どうやらお岩に」
お岩「似たと思うてござんすか。似し面影は冴えわたる、あの月影のうつるがごとく、月は一ツ、影は二ツ、三ツ汐《みつしお》の岩に堰《せ》かるゝあの世の苦患《くげん》を」
伊右「ヤ、、、、、、なんと」
お岩「恨めしいぞへ伊右衛門殿」
と、お岩の死霊は正体を現し、鼠が伊右衛門に襲いかかる。
伊右「さてこそお岩が執念の、鼠来《きた》つて妨げなすか」
お岩「ともに奈落《ならく》へ誘引せん。来《きた》れや民谷」
これは「芝居」の通称「夢の場」のクライマックスである。この後も鼠は伊右衛門を悩ませる。鼠がお岩の怨念の化身として活躍するのは、「芝居」のなかではお岩が子年の生まれだから、という説明がなされるが、南北が『雑談』から着想を得ていることは明らかだ。

伊右衛門《いえもん》、鼠《ねずみ》に食《く》い殺《ころ》される

【お岩《いわ》が怨念鼠《おんねんねずみ》と成《なり》伊右衛門《いえもん》喰殺事《くいころすこと》　附《つけたり》　幽霊出《ゆうれいいず》る事《こと》】

伊右衛門の腫れ物は痛みが強くなり、医師を取り替え治療させたが効果はなく、次第に重くなった。鼠は日に日に増え、腫れ物の治療よりまず鼠を追い払うのが先だと伊右衛門の部屋に猫を十四、五匹もつないでおいて鼠を取らせようとしたが、この家に住み慣れない猫だったので、看病の人が大勢いるのを恐れたのか役に立たない。鼠は甘草《かんぞう》*1を嫌うと聞いては腫れ物に塗ってみたが薬が傷にしみて痛がるので続かず、昆布を嫌うと聞いては大きな昆布で頭巾を作ってかぶらせたが暑さで頭がのぼせるのでかぶり続けていられない。こうしているうちに腫れ物が破れ、膿の匂いが強いので看病人は次第に減る一方なのに鼠は増える。源五右衛門《げんごえもん》夫婦は困りはて、何としてか鼠を追い払おうと相談していた。

伊右衛門は疲労困憊して、意識もはっきりしていなかったが、夫婦が相談するのを聞いて「俺を長持《ながもち》へ入れておけ、それなら鼠も入らないだろう」と言う。さっそく長持のなかへ入れて蓋をした。これなら鼠が入る心配はないと一息つき、しばらくしてから蓋をあけて見ると残暑の時期だったので、長持のなかは蒸れて伊右衛門は大汗を流し、腫れ物の匂いがこもって耐えがたい。そのう

何方より入たる共不見大鼠小鼠四五疋飛び出けり。

え、どこから入ったのか鼠が四、五匹飛び出した。衣類の間に紛れたのか、長持の内外をよく調べてまた蓋をしておき、一時ほどして蓋をあけると、また鼠四、五匹が飛出す。伊右衛門の言うには「蓋をする時か小袖《こそで》の間にまぎれているに違いない。よほど息がつまり苦しい時はなかから合図するから、それまでは絶対あけるな」と言って蓋を閉めさせ、看病人が長持のまわりを取り巻いた。

その日は七月二十一日、[*2] 残暑厳しく、みな涼みに出て、長持の側には源五右衛門夫婦だけが付き添っていた。黄昏時に、年頃二十五、六ほどの、白帷子《しろかたびら》を着て青ざめた女が、[*3] 縁側から座敷にあがり、伊右衛門の入った長持の側に立って恨めしげにながめていた。しばらくすると女は、東側の窓へ飛上り障子の破れ目から飛び出すや忽然《こつぜん》と消えた。初めはこの女も看病のため近所から来た人だろうと思っていたら、通り抜けれるはずのない窓から外へ出たのを見て、一同はあれが何者だったかに気づき、背筋がゾッとして眠気も覚め、互に目と目を見合わせ、幼い者は親の膝元ににじり寄った。[*4]

看病疲れで居眠りをしていたお染は見なかったが、源五右衛門は見た。気づかないふりをしていたが、長持のなかが心配になり箱を叩いて「ずいぶん時間が経ちました。蓋を開けますか」と声をかけたがなんの応答もない。お染が「指示があるまでは蓋を開けるなということでしたが心配です、開けましょう」と、蓋を開いたところ、鼠は出なかった。とりあえずよかったと長持ちのなかを見ると、伊右衛門はうつ伏せになって意識を失っていた。「だから言わんことじゃない」と、顔に水を注ぎ、気付け薬を含ませてみたが、すでに手遅れだった。

源五右衛門夫婦は、付き添いながら臨終に言葉も交わさなかったと嘆いた。お染は「親兄弟残らず先立って、ただ私ひとりあとに残った。どうして生きていけようか」と泣きむせんだが今さらどうすることもできず、近所の人たちが集まって骨を拾い墓石の下におさめたのだった。

〈注〉

＊1　**甘草**　甘味料、また漢方薬の原料として用いられる。江戸時代の本草学者、佐藤成祐の随筆『中陵漫録』には「鼠は甘草、煙草を忌む」とある（『日本随筆大成第三期3』）。

＊2　**七月二十一日**　太陽暦では八月二十七日。

＊3　青ざめた女　青い女は青女房を連想させる。青女房は若い女官という意味だが、ただ『雑談』の文脈では謡曲『葵上』で、六条御息所の生霊の眷族として青女房が語られているのが興味深い。

＊4　窓へ飛上り…　それまで誰も不審に思わなかったのは女が等身大のふつうの人間に見えていたからだが、その女が人の出入りできるはずのない障子の破れ目から外に出たので人々は驚き恐れた。「芝居」でも提灯抜け、仏壇返しなど、お岩の亡霊が思わぬ場所から出入りする演出がなされている。

四谷怪談の謎〈16〉鼠《ねずみ》の怪《かい》、其《そ》の二

人が鼠に襲われる話は江戸時代に広く語られていたようで、延宝五（一六七七）年刊『宿直草』（高田衛編『江戸怪談集上』岩波文庫）には「鼠、人を食ふこと」がある。これは津の国（今の兵庫県）の多田の庄のこととして、病気で寝込んでいた男のもとに大鼠が来て足の裏をかじる。この鼠を殺しても他の鼠がきてかじる。「殺せども殺せども来たりて来たりて、更に鼠尽きず」。猫を何匹も飼って鼠を捕らせたが、「日に三十、四十、五十」と鼠は増えてきりがない。松の板で病人を囲ったが、鼠はその板も食い破って、とうとう病人は死んでしまった。これは珍しいことだと思ってある席で話したら、大坂でも似たようなことがあったと聞かされたという話である。

さらに浄土宗僧・蓮盛による宝永八（一七一一）年刊の『善悪因果集』（『仏教説話集成一』国書刊行会所収）にある「女ノ執心鼠ト変化シテ夫ヲ殺ス事」は、近江国堅田（滋賀県）で、亡き先妻との約束を破り後妻を迎えた男が毎晩五十四ほどの鼠の群に悩まされ、後妻を離縁したけれども鼠は去らず、厚い栗の木の板を張りめぐらした部屋に閉じこもり、見張り番を立てたりして

防いだが効果はなく、ついに死ぬという話である。また同書中には、京都でトリモチにかかった鼠の祟りで罠を仕掛けた男の足に腫れ物ができて膿を流しついに死ぬ、その鼠は長櫃（長持）の中にいたという「鼠怨ヲムクウ事」もある。

関西だけではない。仙台藩の藩医だった虎岩道説（寛永五年～享保十年）による『燈前新話』（『仙台叢書二巻』所収）には「鼠妖記」と題した短い話がおさめられている。伊東氏の家来、六兵衛が、毎夜鼠の群に悩まされて病の床に伏した。伊東氏の妻の兄、新妻胤信が見舞うと、どこからか六七十匹もの鼠が来集して布団の上や枕の周りを走り回る。六兵衛は「毎夜かくの如しで、鼠が数多《あまた》通い来るため眠れず」と言っていたが、それからしばらくして死んだという話を享保五年（一七二〇）に新妻胤信から聞いたとある（『燈前新話』については宮城県の佐藤正幸、鷲羽大介両氏のご教示を得た）。

さて、こうしてみると殺人鼠が兵庫から宮城まで猛威をふるっていたことになるが、よく似た話が各地で語り伝えられている場合、ある時期に殺人鼠怪談が流行して、各地でご当地ネタとして改作されたと考えることもできる。特に『雑談』の場合、鼠を先妻の執念の化身と見なす点で『善悪因果集』「女ノ執心鼠ト変化シテ夫ヲ殺ス事」との類似が顕著だ。

武士《ぶし》になりたかった青年《せいねん》

【田宮伊右衛門《たみやいえもん》が由緒尋《ゆいしょをたずぬ》る事《こと》】

国を治め城を治める道理は、ふるびたりといえども折にふれては珍しく見える。[*1]

そもそも田宮伊右衛門とはいかなる者の子孫か。祖父は境野某《さかいのなにがし》といって、石田三成[*2]に仕えた武士だったが、関ケ原の戦で負傷して片足を失い、地元の境《さかい》[*3]へ逃げ帰って町人にかくまわれていた。この境野某には十三歳になる一人息子がいて、かくまってくれた町人に子がなかったので養子にし、町人の家業である大工のあとを継がせた。

大工となった境野の息子には子どもが二人生まれた。惣領は女子、次は男子で、この男の子も父の跡を継いで大工をしていたが、祖父までは武士であったと小耳にはさみ、どうにかして武士になりたいと願った。そこで父が死ぬとすぐに家業をたたんで妻も離別し、境野伊右衛門と名乗り、二十五歳の夏、江戸に出た。境野伊右衛門は、糀町《こうじまち》の知人のもとに居候して、せめて貧乏旗本[*4]の家来にでもなりたいと就職活動に努めたが機会に恵まれず、四、五年の間、年季奉公であちこちの武家屋敷を渡り歩いていた。そこへ御先手組同心が婿養子を探していると聞き、年俸はわずかでも幕臣になればと思って、田宮又左衛門の養子になったのである。

この伊右衛門は、性格はふつうで道徳[*5]をも少しはわきまえ、人を思いやる心もあったのだが、色欲に溺れて心ならずも邪悪をたくらみ、天意に背いた。色恋は人情の常だし、女は仏の母で有り難いものだが、女というものはひがみっぽく、疑い深く、恨みがましく、才知はあっても本当の利益を知らない、それを化粧で覆い隠しているのだからまさしく化け物[*6]である。女色に迷うととんでもないことになる。古来、女色に迷って家をつぶしたものは数え切れない。近年では、延宝七年の頃、越後の国、高田藩がお取り潰しになった越後騒動[*7]の原因も色と欲とにある。こうしたことを知りながら、道ならぬ恋に走って人の恨みを買い、その報いで実家の血脈をたち養家の名跡も絶やしたのは悪逆の限りである。

〈注〉

＊1　**国を治め城を治める道理…**　底本では「領国領城の理り事、旧たりと云共折にふれては珍敷様に見ゆ」。最後に越後騒動に言及しているのでそのことか。なお、この章は『全書』にはない。

＊2　**石田三成**　一五六〇～一六〇〇。豊臣秀吉に仕えて重用され、近江佐和山城主となった。秀吉の死後、徳川家康と対立し、関ヶ原の戦で敗北。刑死した。

＊3　**境**　堺（今の大阪府堺市）のこと。伊右衛門の旧姓境野とは「堺の」という意味だろう。

＊4　**貧乏旗本**　底本では「鎗一筋の主」。禄高百石程度の小身の旗本を指す。

＊5　**道徳**　底本では「五常」。儒教で説く仁・義・礼・智・信。

＊6　**まさしく化け物**　底本では「実に化粧の者他に不可有」。化粧と化生（化け物）を引っかけている。

＊7　**越後騒動**　一六七九年に越後・高田藩で起きた御家騒動のこと。高田藩主松平光長の嫡男が死んだため、誰を跡継ぎと

するかで藩内を二分する抗争が生じ、ついには将軍綱吉の裁定によって両派とも厳罰、領地没収となった。越後騒動への言及は『今古』にはない。

四谷怪談の謎〈17〉越後騒動《えちごそうどう》

『雑談』は伊右衛門が「色に溺」れて家をつぶしたとして、それを越後騒動になぞらえている。これは案外と『雑談』を読み解くヒントになりそうだ。『近世実録全書第十五巻』に収められた『越後騒動（『越後記大全』）』では、悪家老・小栗美作が藩主の愛妾と密通し、藩政を私物化。あまつさえ自分の子が藩主の甥に当たることを理由に藩主の跡継ぎにしようとしたことに、他の藩士が反発したため騒動になったように書いてある。色と欲が原因とはこのことだが、これは江戸時代に広く流布された俗説にすぎない。実際には小栗が藩主の愛妾と密通してお家乗っ取りを企んだという事実はなく、藩政の私物化というのも藩政方針上の対立であり、騒動の原因は善玉・悪玉史観では割り切れない政治にあった。それを強引にわかりやすい図式に作りかえ、風説を加えてふくらませたのが実録の『越後騒動』である。さて、『雑談』はどうなのだろうか。

権右衛門《ごんえもん》 咄《ばなし》

【田宮源五右衛門同女房病気の事《たみやげんごえもんどうにょうぼうびょうきのこと》　附《つけたり》 和田権右衛門物語の事《わだごんえもんものがたりのこと》】

光陰矢《こういんや》の如《ごと》し、*1 伊右衛門の五十日の忌が明けて、田宮源五右衛門は養父の家督を継いだ。女房お染は思いがけず父の跡を継ぐことになり、富貴ではないが貧しくもなく、心配事もないはずなのに、なんとなく気がかりなことが多く、夫婦ともに物憂く過ごしていた。それだけでなく秋山長右衛門の女房も同じく気分がすぐれず、源五右衛門と長右衛門が医師に相談したけれども、どの医師も気の病だとして、薬をあれこれ処方したがさしてかわりはなかった。

まだ若い者たちが患うようになったきっかけは、十月二十日、亡父伊右衛門の百ヶ日の供養の日にあった。その日は、同僚たちが大勢来て、題目を唱え、夜更けまで弔った。夫婦は涙で目を曇らせながら、弔問客たちをもてなした。親しい者は悲しみを共にし他人はご馳走に群がるというのは本当だ。*2 大勢の者が酒を飲み料理をつつき、世間話に興じた。源五右衛門は「たびたびの不幸にもかかわらず、皆さま方にはいつもお越しくださり、草葉の陰で亡父伊右衛門もさぞや喜んでいることでしょう」と礼を述べ、「父の身の上にはどういうわけか不幸が続き、皆さまにもご心配をおかけしたかと思いますが、この代替わりを期に、私がご奉公を続けられるよう、皆さま方のご指導をいただきたいものです」と挨拶した。

同組に和田権右衛門《わだごんえもん》*3という、酒が入ればなんでも遠慮なく口を出すうっかり者がいた。今夜は黙っていたのに、源五右衛門の挨拶に、人々の背後から首を伸ばして大声で話し始めた。

「この権右衛門などは若い時からの馴染だから気安く話すが、伊右《いえ》の不幸はひとえに先妻の恨みから起きて、子どもらをはじめ、夫婦ともに取り殺されなさったという世間の噂はまったくその通り。源五右《げんごえ》*4殿はご存じか知らないが、この家は田宮又左衛門という人が建てたもの。跡継ぎの男子がいなかったので、亡き伊右殿を死後の婿養子にして一人娘お岩に添わせた。だからこの所帯はお岩のものなんだが、ひでえ不細工*5でね、伊右殿の気に入らなかった。それで、伊東土快、伊右殿、これにござる長右《ちょうえ》*6殿の三人で密かに相談して、あの手この手でお岩を離別してお染殿のおふくろさん*7を妻に迎えなさった。お岩は、これを伝え聞き、大いに怒り、生きながら鬼となって恨みをなしたのを知らない人はいない。一昨年の八月、口寄せでお岩を呼び出したら、三人とも七代まで祟り、家を潰すと口走った。若者は血気に任せてこうしたことをなんとも思わないものだ。源五右衛門殿も、年寄の言うことをよく聞いて、お岩の跡をよく弔い、これ以上、祟られないようになさい。このあいだの伊右殿の死去の日、この座敷へ出た幽霊もお岩に決まっている。苗字の霊だから折を見て願いを出し、苗字をお替えになって、気持ちを落ち着けてご奉公なされよ」

権右衛門が酔いにまかせて大声をあげて言うので、一同は押し黙って手に汗を握り、これ以上とんでもないことを言い出さないようにと、膝をつついてやめさせた。

源五右衛門も噂は知っていてもたいしたこととは思っていなかった。今の権右衛門の話を聞いて思いあたるフシがあったため内心うろたえたが顔には出さずに答えた。

「なるほど権右衛門殿のお話はかねがね存じておりましたが、私どもは伊右衛門とは事情も違いますから、それほどお岩の恨みを受けるとは思えません。とはいえお染の継母[*8]にあたる人ですから他人とも思えません。いかようにもお弔いさしあげるつもりです」

その後、権右衛門は何も言わず、他の話題になってみな帰っていった。

しかし、源五右衛門はこのこと聞いて大いに驚き恐れて、女房のお染に詳しく問いただした。お染はそれまではあからさまに言わなかったが、権右衛門が話してしまった以上、隠す必要もなく、父伊右衛門のしたことを残らず語った。源五右衛門はこれを気にかけて昼夜思い悩んだため、いつとはなく夫婦ともに心身を疲れ果てさせた。

秋山長右衛門の妻も権右衛門の話を聞いて背筋の凍る思いをした。以来、朝夕このことが忘れられず、お岩の面影が目の前にちらつくように感じ、いつとなく気力が弱まり患《わずら》いついた。天は自らは物を言わず人をして言わせるとのことわざのように、隠し事は漏れやすいもの、これもひとえにお岩の一念の仕業だから、源五右衛門夫婦も逃れられないだろうと事情通はひそひそと噂した。

〈注〉

＊1　光陰矢の如し　底本では「金焉刹那に飛行し嫦娥暫しも不留光陰」。金焉は金烏のことで太陽の象徴、嫦娥は月の女神

のことで、あわせて日月の意味。いずれも古代中国の伝説に由来する。意味は光陰矢の如しと同じで月日が経つのは早いものだということ。

＊2 **親しい者は…群がる**　底本では「親は鳴寄、他人はもてなしに集」。

＊3 **和田権右衛門**　伊右衛門の同僚。「うっかり者」と訳したのは底本では「少心延たる男」。『今古』では「出過者」、『全書』では「少し粗忽の男」とする。

＊4 **源五右殿**　底本通り。伊右や長右と同様に略して呼んだのだろう。

＊5 **ひでえ不細工**　底本では「至極悪女故」だが、酔っぱらいの放言なのでくだけた言葉にした。

＊6 **これにござる長右殿**　底本では「是に御座有長右殿」。同席していた秋山長右衛門を名指ししているが、長右衛門は謀議には加わっていない。噂話が繰り返されるうちに役割が固定されたのか。

＊7 **おふくろさん**　底本では「お染殿のお袋」。お花のこと。

＊8 **お染の継母**　先妻でも後妻でも、父親の妻だった人は継母となる。

仲良《なかよ》くしていたつもりだったのに

【秋山長右衛門《あきやまちょうえもん》が女房病死《にょうぼうびょうし》の事《こと》】

「あしかれと思はぬ山の峯《みね》にだに　生《お》ふなるものを人のなげきは」（不幸を願うことのない山にも嘆きが生じる）という歌[*1]があるが、人の思いは悪しかれとは思わずにいてさえ、いつのまにか恨みを生むもので、まさに一念五百生《いちねんごひゃくしょう》[*2]である。「藻に住む虫の我からと音をこそ泣かめ世をば恨みじ」とも言う。不幸は自らの行ないから出たもの[*3]だということを知らぬのは人の世の常である。

秋山長右衛門の妻は日増しに疲れ、ひたすらお岩の恨みを受けないかと気にしていた。「お岩さんはうちとは隣同士で朝夕に仲良くしていたから、私のことは恨んでいないはず。つまらないことで気苦労しないで忘れてしまおう」と思ってもなかなか忘れられない。朝から晩までお岩のことが気になって食事も喉を通らず、全身が黄ばんで腫れ物がひどくなった。重病人だが、長右衛門が日頃より人に嫌われていたため、上手な医師は来てくれず、看病する人もいない。夫や子が枕もとをはなれず看病につとめたがその甲斐もなく、四十五歳で亡くなり、南寺町[*4]に埋葬された。

秋山長右衛門が女房は日に増疲、一向お岩が恨ん事のみ六かしや……

〈注〉

＊1　**「あしかれと…」という歌**　底本では「あしかれと思はぬ山の峯だにあふ成物を人の思ひは」。和泉式部の「おとこを恨みて詠める」と題した歌「蘆茢と思はぬ山の峯にだに　生ふなる物を人の歎きは」を踏まえている（『詞花和歌集』）。訳しづらいので本歌をそのまま引いた。

＊2　**一念五百生**　底本では「一念五百性」。一度邪念を抱いただけで五百回も輪廻して苦しみを繰り返すとのことわざ。

＊3　**不幸は自らの…**　底本では「只藻に住虫なれ共我からと云事」。お岩のセリフにも引かれていた『古今和歌集』所収の藤原直子の和歌「海人の刈る藻に住む虫の我からと音をこそ泣かめ世をば恨みじ」。自らの不幸は自らの行いから出たものなので嘆いても世間のせいにはしないということ。

＊4　**南寺町**　切絵図によれば左門殿町の南側に寺院が集中しており、ここを南寺町と呼んだ。今も左門町、須賀町と信濃町の境界あたりに寺院が多い。

美人薄命《びじんはくめい》

【田宮源五右衛門新造え移事《たみやげんごえもんしんぞううつること》　附 女房病死之事《つけたりにょうぼうびょうしのこと》】

「罪もなき人をうけへば忘れ草おのが上にぞ生ふといふなる」（罪もない人を呪うと人に忘れられる）という在五中将[*1]の言葉はもっともだ。

源五右衛門《げんごえもん》夫婦は気分がすぐれず、日に日に衰えて、人目につくほどになった。家には二人だけなのに源五右衛門とお染《そめ》の夫婦仲は険悪で、それが看病の妨げとなっていた。医師もたえず見舞ったが、伊右衛門の代から来ている医師は一人もいない、田宮家の病人は一人も回復した例がないのだから来ないのも道理だ。高嶋祐庵《たかしまゆうあん》[*2]という医師は「この家の病気は伝屍病《でんしびょう》[*3]だから薬は効かない。家を新築し新居に移った上で治療すれば、あるいは回復することもあるかもしれない。そうでなければ治らないだろう」と言う。源五右衛門はこれを聞いて同僚たちに相談すると、「それで健康になるなら、なんでもしてみたらいい」と皆が奨《すす》めるので、それなら新築しようということに決まった。

今までの家の南側に新居を建てて、家具はもちろん、これまで使っていた家財道具は一切捨てて新たにそろえた。引っ越しの日になると、夫婦ともに衣類や帯まで旧宅に残し、素裸になって夜の闇に紛れて新宅に移った。これで病の根を絶てたか思うと心強く、物事があらたまった気持ちになり、祐庵の薬を飲み、二人そろって髪を整えるなどして心も晴やかになった。こんな治療の仕方もあったのかと、寿命の延びた気分になった。源五右衛門は二十日ほども引きこもっていたが、体調がよくなったと勤めに出てきたので、さすが祐庵の才覚はたいしたものだと評判になった。

こうして源五右衛門は快復して勤めにも出るようになったが、お染は新宅に移っても変化はなく、むしろ次第に重くなったので医師も源五右衛門も考えあぐみ、どうしたらよいかと相談したがその甲斐もなかった。伊東土快《いとうどかい》も親類から絶交された身で、（実子の）お染一人を頼りに思っていたので、できる限りのことをした。助からない病気とのこととはいえ、もしやと食事をすすめてみても受け付けず、とうとう望みも消え果てた。もう臨終の床のこと、お染が「紙をください」というので源五右衛門が紙と硯《すず》を渡すと、辞世《じせい》と見えて、

おもひおく事しなければ終の身の

と上の句を書いたけれども、精根尽《せいこんつ》きたのか、下の句を続けられず、筆を握ったまま二月十六日、二十五歳の生涯を終えた。

惜しいかな、お染は容姿といい、人柄といい、芸能まですぐれて、四谷の町で肩を並べられる女はないほどで、どのような高位高官のお側にも仕えられたはずなのに、その縁が熟さぬうちに度々の不幸にあって、思いがけなく源五右衛門の女房となり、あたら花を散らしたことは、ひとえに悪風[*4]のしわざであろう。

〈注〉

＊1　**在五中将**　在原業平（八二五〜八〇）。『伊勢物語』の主人公と見なされてきた。「罪もなき人をうけへば忘れ草おのが上にぞ生ふといふなる」は『伊勢物語』三一の「をとこ」の言葉。

＊2　**高嶋祐庵**　『今古』では高橋祐庵とし、『全書』では高柳祐庵とする。幕末に同名の高嶋祐庵久貫という奥医師がいる。『寛政重修諸家譜』によれば、安永五年（一七七六）高嶋祐庵久長の代から幕臣。それ以前は田安家に医師として仕えていたという。久長の子、久則も祐庵と名乗っているので、祐庵の名は高嶋家で代々襲名したのだろう。

＊3　**伝屍病**　伝尸病とも書く。一般に結核のことと言われるが、現代の診断と一致するかは不明。

＊4　**悪風**　『今古』では「お岩が一念」とし、『全書』では「悪霊」とする。

そして誰《だれ》もいなくなった

【田宮《たみや》源五右衛門《げんごえもん》乱心《らんしん》に依《より》て御扶持《おふち》被召放事《めしはなさるること》】

「松《まつ》の葉にさへ二人も寝たが今は芭蕉《ばしょう》葉に只独《ただひとり》」*1、恨めしいことに思いと食い違う云々という流行り文句も辻占《つじうらない》*2のようなものであったろうか。人の世のはかなさはやるせない。春秋を知らぬ夏の蝉よりも、朝に生まれて夕べに死ぬかげろうよりも、朝顔の花が開けばできる日陰を待たずに消える朝露（のように妻の人生はあまりに短かった）、雷光石火のような一瞬の楽しみ、何の思い出があろうか。*3ああ、神よ、*4死なせてしまった、死なせてしまった……。

義父にも妻にも先立たれ、武蔵野の一本松のように一人になったからには誰に気兼ねすることもない。とはいえ気になるのはこの家に憑いた霊のことだ。和田権右《わだごんえ》の言うように苗字の霊なら、折を見て本姓に戻したいが、すぐにはできまい。俺の持参金の半分は伊右衛門死去により手元に戻ってきたし、自分の支度金の残りも少々ある。一、二年も過ぎたら持参金付きの養子をとって、この家を霊ごと養子に譲り、俺は知らぬ顔をして外に出て今より十倍もよいところに勤めよう。独身になっていっそましだ、できるだけ節約して身の振り方を考えよう。源五右衛門《げんごえもん》はそう思った。

もとより源五右衛門は新参者だから同僚たちともなじみもなく、その上この家は人々に気味悪がられて見舞う人もなく、ただひとり近所づきあいもせずに昼夜節約につとめていたが、何を思ったのか、先代の又左衛門《またざえもん》の時から屋敷のまわりに植えていた樹の上に登って枝を切り落して薪にした。高い所へ登る場合は近所に一言断りを入れるべきなのに、何の挨拶もせず、隣家の寝室までのぞき込んだため、近所の人たちはたいへん怒って、そら源五右衛門は乱心したぞと悪評がたった。それどころか、亡き伊右衛門が長年苦心していろいろな花木を育て、枝葉を整えて売り物にしてきた植木[*5]を掘り起こして薪としたのはわけがわからない。一人暮らしの源五右衛門が一ヶ月に使う薪代の出費を惜しんで、その費用の十倍か二十倍の値段が付くような植木を一日に四、五本ずつ焼き捨てることに何の得があるのか。これが源五右衛門の乱心の初めだった。

庭木も鉢植えも切りつくしてからは、裏の方から屋根の庇《ひさし》をむしって焼き捨てた。訪ねてきた人が、「何を考えてるんだ？」と問うと源五右衛門は「一人暮らしなのでこんなに大きな家は要りません。薪を買うのはもったいないのでこうして遣り繰りしています」という。これは乱心するのも近いと同僚たちは心配し、御番に出る時も同行せず、御番所では皆注意して、いざとなれば取り押さえようという心構えでいた。確かに乱心とは決めがたいまま、日ましに源五右衛門の顔色と目つきは悪くなり、時々独り言を言うようになったので、いよいよ乱心の疑いが濃くなり、お頭から与力へ源五右衛門を軟禁せよとの命令が下された。その上でさらに調査の上、乱心に間違いなしと判断されたので解雇となり、源五右衛門は実家の親類に引き取らせ[*6]、屋敷は没収となって取り壊された。

こうして田宮の名跡もこの源五右衛門までで絶えたのは嘆かわしいことだ。この組の同心の定員五十人のうち一人欠けたのでさっそく欠員補充するべく、組の内に御番にふさわしい浪人がいれば願い出よと、与力へ指示があったが、源五右衛門の屋敷は、化物屋敷の評判がたったので、御奉公したいという人もなく、世話を焼く人もいない。いつのまにか荒れに荒れたる化物屋敷、草はぼうぼうと茂り、草露がしたたる。蔦や葛がはびこり礎石を覆った。ススキが風にゆれて招く手のようだが来る人は誰もいない。昔を知る人は涙を押さえることができなかった。

〈注〉

＊1　**松の葉にさへ二人も…**　底本通り。当時の歌謡だろうか、典拠不明。松の葉のような狭い部屋に二人で寝ていたのに今は芭蕉葉のように広い部屋にただひとり、ということ。

＊2　**流行り文句も辻占**　底本では「利き月のうれたく逢さきるさの口すさみも思へば辻占に近し」。ふと口をついて出る流行歌の文句も未来を暗示しているように思えるということ。辻占は、街角の辻に立って道行く人々の会話に耳をすまし、聞き取った言葉から暗示を受ける占い。

＊3　**春秋を知らぬ夏の蝉…何の思い出があろうか**　『徒然草』第七段の一節をもじっている。「命あるものを見るに、人ばかり久しきはなし。かげろふの夕べを待ち、夏の蝉の春秋を知らぬもあるぞかし」（岩波文庫）。

＊4　**神よ**　底本では「弓矢八幡」。弓矢八幡は武士の神である八幡大菩薩のこと。神に失敗を嘆く。語感としては「南無三」にほぼ同じ。

＊5　**植木**　底本では「作木」。枝ぶりを整えた観賞用の植木。荻生徂来『政談』に「近年世上物ごとに高値になり、面々の渡世難儀にて、同心の類は御宛行にて妻子を養う事ならず。いずれもさまざまの細工をしてうり、それを御宛行に合せて妻子を養い家を持ち、ようように御番をつとむ」（岩波文庫）とある。物価高で同心は幕府からの御宛行（俸給）だ

けではとても暮らしていけないので、内職をしてようやく家計を維持していた。伊右衛門の植木栽培も趣味ではなく大切な収入源だった。「芝居」の伊右衛門が傘張り（もとは提灯張り）をする場面もこうした武士の内職が盛んであったところからきている。アマチュア園芸家の域を越えたその打ち込み様は、氏家幹人『小石川御家人物語』（朝日新聞社）に詳しい。

＊6　実家の親類に引き取らせ　ついに実家の名は明かされないまま源五右衛門は追放された。しかし、源五右衛門は死ななかった。

四谷怪談の謎〈18〉田宮家《たみやけ》の名跡《みょうせき》は存続《そんぞく》した

この『雑談』でも、「芝居」でも、その後に記された「文政町方書上」でも、四谷左門町の御先手組同心・田宮家は元禄の頃に滅んだことになっている。ところが、田宮伊右衛門旧宅跡に現在でも田宮家の後裔が、お岩様を祀った稲荷社（於岩稲荷田宮神社）を守っていることも広く知られた事実である。

一九九四年、時代考証家の釣洋一氏が幕末の文献に四谷左門町の田宮伊右衛門の名を発見した。釣氏は『江戸切絵図と名所図会』（新人物往来社、一九九四）に寄せた「切絵図に読む幕末の江戸」という文章のなかで、慶応年間に書かれた文献に、現実に生きている人として田宮伊右衛門の名前が記されていることを指摘している。釣氏の文章を引用する。

「慶応元年閏五月二十三日（一八六五・七・一五）の中西関次郎「在京在阪日記」に、『江戸四ッ谷左門殿町組やしき田宮伊右衛門伜、此度御供にてぎおん新地揚や江参り組頭壱人、酒食の上口論いたし、ついに田宮氏を切ころし候。右組頭は駆落いたし、右の段町奉行所江訴出候事』と、田宮家存続の記録がある。」（前掲書、二一八頁）

中西関次郎「在京在阪日記」は三田村鳶魚編『未刊随筆百種第十巻』（中央公論社）に収められている。同書の解題によると、中西関次郎は幕府御武具奉行松下誠一郎組同心で、慶応元年五月一六日、家茂将軍の長州征伐に従軍して江戸を発ち、翌年八月九日までの道中での見聞を江戸の知人に書き送ったものが「在京在阪日記」である。

殺されたのは「江戸四ツ谷左門殿町組やしき田宮伊右衛門伜」である。おそらく伊右衛門という名は（山田浅右衛門のように）田宮家当主に継承された名で、当時の田宮家の当主、何代目かの伊右衛門は江戸にいて、息子が長州征伐に従軍したのだろう。

ともあれ、この時点で左門町の御先手組同心・田宮家の名跡が存続していたのは確実である。多田三十郎の横死によって旗本の多田家が絶えたという『雑談』の記事が他の史料とは食い違っていたように、田宮家も断絶したわけではなかったのだ。

収入《しゅうにゅう》を倍《ばい》にする方法《ほうほう》

【秋山庄兵衛田宮源五右衛門跡《あきやましょうべえたみやげんごえもんあと》へ被召出事《めしいだされること》　附《つけたり》　秋山長右衛門小三郎《あきやまちょうえもんこさぶろう》を養子《ようし》にする事《こと》】

田宮源五右衛門《たみやげんごえもん》の屋敷跡は隣家の秋山長右衛門《ちょうえもん》が預かることになった。そのころ長右衛門は組頭[*1]だったが、ある時、お頭の浅野左兵衛《あさのさへえ》[*2]から「適切な人材をその方の見立てで推挙し、欠員補充せよ」と命令があり、源五右衛門が受け取るはずだった俸給を預かることになった。長右衛門は大喜びして、さっそく浪人を探したが、就職はしたいけれども化物屋敷に住むのは恐ろしいからと出願する人はなく、後任はなかなか決まらなかった。

どうしたものかと考えているうちに思いついたのが、長男の庄兵衛《しょうべえ》を源五右衛門の後任にして父子ともに勤め、あとで養子を迎えて秋山家を相続させることだった。この案はさっそく許可され、秋山父子は同じ家に住みながら勤めに出た。長右衛門はもともと裕福だった上に父子共稼ぎで、秋山家は他の同心の倍の収入を得た。女中を一人使ってもなお家計には余裕があり、長者のはぎへ味噌を塗る[*3]とはこのことだと噂された。庄兵衛はまだ若かったが、性格が素直で、長右衛門の後見もあり、同僚とのつきあいもよく、順調に勤務した。

こうして一年ほど過ぎて、長右衛門は養子をとって相続させたい旨の願いを出して許可され、小三郎《こさぶろう》という十一歳の少年を養子に決め、持参金三十五両が入ってきたので、ますます貯蓄は増え、人にうらやまれた。

庄兵衛は二十二歳になったのでそろそろ結婚させようと、近所よりふさわしい娘を迎える約束して結納もすませた。源五右衛門屋敷跡は庭にしてあったが、もう年も越したから住んでも何事もないだろう、春になったら地鎮祭《じちんさい》をして家を建て、庄兵衛に所帯を持たせようと準備した。浮かぶ人がいれば沈む人もいるのが世のならいとはいえ、源五右衛門は家を潰し、長右衛門は新たに家を建てること、行く末はわからないが、とりあえずはめでたいことだと人々は噂した。

〈注〉

＊1　**長右衛門は組頭**　長右衛門は与力の下の同心なので、この組頭とは御先手組の中の同心たちのまとめ役という意味。

＊2　**浅野左兵衛**　浅野長武。旗本。元禄一三（一七〇〇）年に御先手組頭に就任、正徳二（一七一二）年に同職を離任。

＊3　**長者のはぎへ味噌を塗る**　有り余るところにさらに付け足す、金持ちはいっそう金持ちになる、ということわざ。

四谷怪談の謎〈19〉忠臣蔵《ちゅうしんぐら》との関係《かんけい》

長右衛門に欠員補充の指示を出した浅野左兵衛は、元禄一三（一七〇〇）年から正徳二（一七一二）年まで御先手組頭を勤めた。この間に江戸を揺るがす大事件が起きた。いわゆる赤穂《あこう》事件、元赤穂藩浪士による吉良邸《きらてい》討ち入りである。鶴屋南北の「芝居」は、この赤穂事件を劇化した『忠臣蔵』に設定を借りて四谷怪談を描いている。この南北の仕掛けは『忠臣蔵』人気に便乗した思いつきのように評されることもあるが、『雑談』を読んでいくと必ずしも根拠のない連想ではないように思われる。

長右衛門たちの上司、浅野左兵衛（長武）は、赤穂浅野家の身内である。赤穂浅野家の家老大石頼母良重を父、赤穂藩主浅野長直の娘を母として生まれ、赤穂浅野家の分家浅野長賢の婿養子になった。浅野内匠頭長矩《あさのたくみのかみながのり》とは従兄弟、大石内蔵助《おおいしくらのすけ》は又従兄弟にあたる。左兵衛が御先手組頭在任中の元禄一四（一七〇一）年に、浅野内匠頭長矩が江戸城中で吉良上野介《きらこうずけのすけ》に切りかかる刃傷《にんじょう》事件が起こり、内匠頭は切腹、赤穂藩はお取り潰し。分家の当主である左兵衛も謹慎処分を受けている。そして、元禄一五年（一七〇二）には元浅野家家老・大石内蔵助の率いる赤穂浪士たちが吉良邸に討ち入った。左兵衛はこの時も謹慎処分を受けた。

なお御先手組頭として左兵衛の前々任者である榊原采女《さかきばらうねめ》の息子政殊《まさよし》は赤穂城受け渡しの際の目付（監査）を務めている。

つまり、赤穂事件は世間一般でも大事件だった上、四谷左門町の御先手組同心たちにとっては上司たちが間接的にかかわっている事件であった。場合によっては自分たちの身の振り方に影響があるかもしれなかった。その重大さたるや、お岩の祟りどころではなかったはずなのだ。それほどの大事件であるのに、この『雑談』ではなぜか一言もふれていない。

『雑談』に浅野左兵衛が登場する以上、南北の作劇こそは当然の連想で、『雑談』が京極家改易や越後騒動などの御家騒動に言及しながら赤穂事件には沈黙している方がよほど奇怪なのである。

生《い》きていたお岩《いわ》？

【秋山長右衛門同庄兵衛病死之事《あきやまちょうえもんどうしょうべえびょうしのこと》】

新しい椀《わん》を夢に見て漆《うるし》にかぶれ、蛤《はまぐり》を売る声を聞いて腹痛《ふくつう》をおこし、唐辛子《とうがらし》を見て雪の日に汗を流す、病は気からと言う。[*1] 秋山庄兵衛が同心となって早くも三年目の春、新居が出来次第、妻を迎える予定だったが、建築がなかなかはかどらず、三月を予定していた婚礼を五月初めに延期した。そうしているうちに長右衛門父子は大病にかかり二人とも死去したため、新居も縁談もみなご破算になり、庄兵衛の後継は絶え、長右衛門の養子小三郎はまだ十三歳なので、勤務も人並にできないだろうと心配された。

長右衛門父子が急死したいきさつはこうである。三月の仙源《せんげん》の節句[*2]の日、夜勤明けの庄兵衛が同僚十人ばかりと帰宅中、飯田町の坂の途中[*3]に六、七人の乞食[*4]たちがいて何か言っていた。その中に五十歳ほどのやせ衰えた女乞食がいた。近藤六郎兵衛が「あの乞食は、田宮又左衛門の娘お岩によく似ている。年格好といい目の潰れたところまで生き写しだ」と言うので、皆振り返って見て

「いやお岩はあれよりはるかに不細工だった、あのくらいの顔ならば伊右衛門に嫌われなかったろう」

「いや、あれより少し背も低かったし、腰も曲り、全体にあの乞食より見苦しかった」

などと話しながら三番町から帰っていった。

庄兵衛も振り返って見たが何も言わず、心の内で、伊右衛門の先妻はこの三番町辺に勤めていたとか、屋敷から失踪して行方知れずと聞いていたが、生きていて今の乞食になったのか、その女は伊右衛門を恨み、伊右衛門家を絶やしたというから気味が悪い、などと思っていると、背筋がゾッとして今の乞食の面影が忘れられず、気がかりになって帰ったのだった。

三月三日の夕方、庄兵衛はにわかに強い悪寒と頭痛に襲われ、高熱を出して寝込んでしまった。意識が錯乱して「飯田町、飯田町」と大声で叫び、裸になって水をがぶがぶ飲む。医師を呼び、良薬を探したが、日増しに熱があがり、五日の夕方には息絶えそうになった。千に一つも治るまいと医師が言うので、急養子の願いを出せと同僚たちがすすめたが、庄兵衛は源五右衛門の跡目を継いだも同然、その上、長右衛門もお岩の恨みを受けているから（かかわると）危ないということで、庄兵衛の養子になろうという者はなく、急のことで組の外の人を探す余裕もない。

養子が決まらないので願書も出せず、病人は次第に弱わり、どうしたものかと相談していたところ、六日の夕より長右衛門も寒気をおぼえ、高熱を発して苦しみもがいた。外に飛び出しかねないほどだったので、同僚の中から力自慢を選び、秋山父子を取り押さえることにした。伝え聞く平相《へいしょう》国浄海《こくじょうかい》の熱病[*5]もこれほどではなかったろうと思われた。

長右衛門は日頃から親戚づきあいもなく、たまに見舞いに来る縁者は何の役にも立たず、症状から伝染病らしいので気の弱い者はいやがって看病に来ない。看病人も疲れ果てたため、養子小三郎の親類が付き添ったが、感染を恐れて及び腰で役に立たない。それでも庄兵衛の容体は少し落ち着いたが、長右衛門は日増しに苦み、食事はもちろん湯も水も飲まず、うつぶせに寝て泳ぐような仕草をして、とうとう三月八日の昼頃、狂い死にした。

この間、庄兵衛の急養子を相談する人もなく、本人は病に侵され錯乱しているので父の死も知らなかった。熱病は時間がたつと治ることもある。発症から七日も過ぎたので庄兵衛はもう助かるのではと思っていたところ十日の明け方、容体が急変し、ついに息を引き取った。秋山家には小三郎一人が残された。若年なので葬儀の取り仕切りもできず、実家の親類が来て手配を済ませた。

庄兵衛は父長右衛門とは違い素直な青年だったので、二十二歳という若さで死んだことを人々は惜しんだ。父長右衛門は性格は悪かったが諸事に才覚があり、この五、六年は組頭を務めていた。六十になろうというのに頑健で鬼神をも恐れぬ一騎当千の強者だったが、病には勝てず、倹約に努めてため込んだ財産は淡雪のように消え、帷子《かたびら》一枚と三途の川の渡し賃六文銭[*6]しか身に付けられず、残りは他人の宝となったのだった。これもみなお岩の仕業で、心の鬼に責められて身を滅ぼしたのである。「己が身を達し度思はゞ先他人を達せしめよ」（自分が救われたければまず他人を救え）という高野《こうや》大師[*7]のお言葉に間違いはなかったと人々は舌を巻いて感じ入った。

〈注〉

＊1　**病は気からと言う**　冒頭のこの文は『全書』には無し。

＊2　**仙源の節句**　三月三日の節句。

＊3　**飯田町の坂の途中**　底本は「飯田町の坂中」。飯田町は今の九段北一丁目のあたり。同地の名主飯田喜兵衛の屋敷があったのでそう呼ばれた。九段坂と中坂、冬青木坂（もちのきざか）がある。江戸城を出て四谷に向かうとしたら九段坂か中坂か。『全書』には地名の記述は無く、『今古』では飯田町の坂下とする。

＊4　**乞食**　底本では「非人」。

＊5　**平相国浄海の熱病**　平相国浄海は平清盛。高熱にうなされて死んだという。

＊6　**心の鬼**　底本通り。やましい心、良心の呵責。

＊7　**高野大師**　弘法大師空海のこと。高野山金剛峰寺を開いたのでこう呼ぶこともある。「己が身を達し度思はゞ先他人を達せしめよ」は大乗仏教の基本精神を言うものだが、空海自身の発言かどうかは不明。

化《ば》け猫騒動《ねこそうどう》

【秋山小三郎《あきやまこさぶろう》が家《いえ》え化物出《ばけものいず》る事《こと》】

庄兵衛《しょうべい》は養子を願う間もなく急死したため跡が絶えた。長右衛門《ちょうえもん》には養子小三郎《こさぶろう》がいたが、まだ十三歳である上、年齢の割には小柄で勤務ができるとは思えないため、親類から後見人として番代《ばんだい》*1を立てて、小三郎が十五歳になるまでは勤務を代行させることになった。小三郎は御持組《おもちぐみ》*2同心の次男で、一昨年に秋山家の養子となってから養父と義兄に先立たれ途方にくれていたが、実家から親類たちが来て葬儀を仕切ってくれた。

疫病で二人も死者を出した屋敷は人々から気味悪がられた。長右衛門存命の頃から雇っていた四十歳ほどの女中がいたが、感染を心配した実家が母危篤と口実を作って辞めさせた。小三郎の実家でも感染を心配し、ひとまず親元に引き取ってようすを見たいと願い出たが、それは許可されず、小三郎は気味悪い家で居心地の悪い思いをしていた。

三月二十日は養父長右衛門の法事があり、昔なじみの者たちが来て夜更けに帰っていった。その翌朝、まだほの暗いうちに台所で火を焚く者がいた。小三郎が目を覚ますと、女の後ろ姿が見える。不思議に思い、寝床を出て見ると五十歳ほどの見慣れぬ女が火を焚いていた。小三郎はこのあいだ退職した女中が戻ってきたのかと思い、「どうして帰ってきたのか。夕べ来たのか、今朝来たのか」と声をかけたが返事はない。女は庭へ出て、影もなく消えてしまった。小三郎はただ茫然《ぼうぜん》として、しばらくしてから、今の女は夢か現実か、確かに見えていた女が見えなくなったのは、寝ぼけていたのだろうか、そうなら恥ずかしいことだと思って、誰にも言わなかった。

翌二十二日の朝、その女がまた来た。小三郎はよく寝入っていて気づかなかったが、実家から派遣されていた中間《ちゅうげん》[*3]の十左衛門《じゅうざえもん》が見つけて驚き、飛び起きて「あなたはどこからの使いか、ご主人はまだ寝ておられる、なんの御用か」と問いつめたが、女は返事もせずに庭へ出て、十左衛門をふり返り、にっこり笑って消え失せた。十左衛門はとにかく狐の仕業だと思い、庭へ飛びおり、戸締りを確め、逃げ道のないことを確認し、縁の下へ棒を突っ込んで、「おのれ、どこへも逃がさんぞ」とやみくもに捜した。

小三郎はこの音に目を覚まし、起き出して事情を聞くと「さては昨日のことは夢ではなかったのか、ともかく縁の下にいるはずだから、狩り出して打ち殺そう」ということになり、畳をはねあげ、すみずみまで探すと、年を経た黒まだらの古猫[*4]が一匹、飛び出した。「さてはこいつが女に化けた物の怪か、打殺せ[*5]」と、二人は棒を持って追いかけ回したが、猫は飛鳥の如く素早く逃げるので捕まえられない。

こうしているうちに小三郎の屋敷が騒がしいと、近所の人々が「何事か」と集まったが、戸締りがしてあるし、板壁のすき間からのぞいても中が暗くてようすがわからない。戸口に詰めかけ「何やら刀を振り回しているようだ。小三郎乱心か」などとささやくばかり。やがて、聞き伝えて集まった同僚たち二、三十人が手に手に警棒[*6]などを用意して小三郎の屋敷を取り巻き、いざとなればと待ち受ける騒ぎになった。

そこにあらわれたのが例の粗忽者《そこつもの》の和田権右衛門であった。

「おのおの方、確かめもしないことに恐れて逃げ支度なさるとは見苦しいぞ。いざ、俺が見届けてやろう」

と威勢のいいことを言って、壁に梯子《はしご》をかけてのぼって行き、窓を破ってなかをのぞきこんだ。その途端、びっくり仰天して梯子からこけて落ちてきた。権右衛門はわなわな震えて、「なかでは小三郎をはじめ四、五人が切り合いをしている、いずれも油断めされるな」と、人のうしろに隠れてしゃがみこんだ。集まった人々は、さては盗人でも入ったか、どうしようかと議論百出。

小三郎と十左衛門は猫を追いまわしていたが、その内に猫は権右衛門が明けた窓の穴から飛び出して、いずこともなく逃げ失せた。表には大勢の人がいたが、猫を追っての騒ぎとは知らないから、この家の飼猫が驚いて逃げ出したのだろうと思って見逃した。小三郎主従は四方の戸を開けて、大勢の人が集まっているのを見て大いに驚き、外の人々は思いこみがはずれて間が悪く、苦笑いしてこそこそと帰っていった。権右衛門一人が腰抜けの名を取って笑いものになった。

小三郎の家に化物が出たことは評判になり、みないろいろに噂した。

「お岩の怨念が残って来たのだ、小三郎の命も長くはあるまい」

「いやいや、そうではあるまい。長右衛門の跡をおめおめと他人の手に渡したので、庄兵衛の亡き母（長右衛門の妻）が残念に思って来たのだ」

「あの家は築五十年程だから、床下に長年住んでいた古猫が、人の気配が少なくなったので化けて出たんだろう」

「それにしても気味の悪い猫だ。思いがけぬ難儀にあうかもしれない。あれは確かに猫だったのだろうか」

などとみな勝手なこと[*7]を言っていたが、いずれにしても気味悪いことだとなった。

小三郎の父母はこれを聞いて、すぐに大般若転読《だいはんにゃてんどく》をして悪気を祓《はら》わせた。

〈注〉

＊1　**番代**　御番の代役。

＊2　**御持組**　鉄砲隊である持筒組と弓隊である持弓組がある。『全書』では御持筒組とする。御持筒組なら鉄砲を扱うので人事交流があったかもしれないという想像はできる。

＊3　**中間**　武家の使用人。

＊4　**黒まだらの古猫**　怪異を担う動物として、蛇、鼠に続いて猫が登場する。この猫の役割は何か。

＊5　**打殺せ**　この時期は、生類憐みの令がまだ有効だったはずなので、猫を殺そうというのはよかったのか。化け猫は例外だったのだろうか。

＊6　**警棒**　底本では「棒の鼻ねぢりの」。鼻ねじりは元は馬具。

＊7　**勝手なこと**　底本では「評判取々」。怪異の原因についてさまざまな憶測が語られており、必ずしも「お岩が怨念」説

だけではなかったことがわかる。

四谷怪談の謎〈20〉「それさがせ」

……この騒動に周囲の屋敷では何ごとかと、屋根の上に武者を上げ、騒動の声、太刀音と騒がしく候故、狼藉者か盗賊か、と尋ねさせた。そのころ、屋敷のなかでは、「それさがせと、天井、屋根裏、縁の下、槍をつきこみ矢を射入」れて必死に捜索しているところだった。……

まるでこの章の化け猫騒動の描写のようだが、実はこれは近松門左衛門の人形浄瑠璃『碁盤太平記』の一場面なのである。近松は元禄十五（一七〇二）年の赤穂事件を、事件後一早く宝永年間（一七〇四〜一七一〇）に『碁盤太平記』として劇化した（上演時期には諸説ある）。『太平記』の設定を借り、浅野内匠頭を塩冶判官、吉良上野介を高師直、大石内蔵助を大星由良之介とするなど、竹田出雲の『忠臣蔵』の先駆的作品だとされる。つまり、逃げまわっているのは猫ではなく、吉良上野介なのである。

『雑談』には赤穂浅野家の縁者、浅野左兵衛が出てくるのに赤穂事件にふれないのは不思議だと言ったが、秋山家の化け猫騒動の描写は、読みようによっては吉良邸討ち入りの場面のパロディのようにも見えてくる。

見《み》なれぬ武蔵野《むさしの》

【秋山小三郎病死の事《あきやまこさぶろうびょうしのこと》】

悪事千里を走るのがこの世の習い、[*1]小三郎《こさぶろう》の家に化物が出たという噂は、たちまち江戸中に知れわたった。それまでは近所の少年たちは小三郎の家にしょっちゅう遊びに来ていたが、化物騒動以来、来る人もなく、すっかりさみしくなった。小三郎が十五歳になるまでは代理人を立てることになっていたので、親類の内より浪人が代理に出ることに決まっていた。ところがこの浪人は、秋山の家には悪霊がいて養父母をはじめ子供まで取殺し、このごろも化物が出たと伝え聞いたのか、急病になったとして辞退したため、代わりの者を探すことになった。

四月二十七日は長右衛門の四十九日で翌日は忌み明けとなるので、用事が立て込み、一日の疲れから小三郎は夕方から寝床に入ったが、にわかに発熱して錯乱した。長右衛門《ちょうえもん》父子の症状とそっくりである。実家の親類が集まって医師を呼ぶと、医師の診断も熱病とのこと。あちこちの寺に延命祈願をしたが、容体は次第に重くなった。命には替え難いと、養父長右衛門が貯め込んだ財産で、病気に効くということはみな試してみたが、まったく効果はなく、ついに五月三日の夕方、こと切れた。小三郎はまだ十三歳の少年で、これも定めとはいえ、残念なことであった。

小三郎は末っ子だったので、親はその将来を心配して、仲人の勧めで秋山長右衛門の養子に決まり父母も安堵していたが、こんな怪しい家と知っていれば養子に出さなかったのにと嘆いた。両親とも、もしや息を吹き返さないかと、朝まで遺体のそばを離れず、納棺の準備が整っても、「この世の名残り、今少し猶予を」と訴えたが、死んだ者は帰って来ないと周囲にいさめられて、泣く泣く葬った。

こうして秋山長右衛門の名跡はこの小三郎までで絶え果てたのは恐ろしいことである。小三郎病死により屋敷は取り壊されて草の庭となった。源五右衛門の屋敷跡は秋山家屋敷跡と隣り合わせだったので、両家の屋敷取り壊しによって、四谷の町中に今では見なれぬ武蔵野[*2]の風景が突然再現された。道行く人も不思議に思い、立ち止まって眺めるが、化物屋敷と聞いては野原を吹く風もうすら寒く感じる。屋敷は取り壊されたので何も見るものもないのに、左門殿町の化物屋敷を見ようと、大勢の人が引きも切らずに訪れるので、長右衛門の悪名は世に知れわたった。

〈注〉

＊1　**悪事千里を走るのがこの世の習い**　底本では「悪事千里を馳る習ひ」。悪い報せはすぐに伝わるということわざ。

＊2　**見なれぬ武蔵野**　底本では「不見馴武蔵野」。この『雑談』冒頭の「江戸繁栄日記」で「大名小名寸の関もなく軒を並べたれば、流石名におふ武蔵野の月も尾花が末に入方を失ひ、我国の月の名所の其一つをのづから欠て名のみ残れり」と、江戸の人口が増え都市開発が進むにつれて、武蔵野の風情が失われていくのを嘆いていたが、ここはそれを受けた表現。

伊東土快《いとうどかい》の最期《さいご》

【伊東土快《いとうどかい》最期之事《さいごのこと》　附《つけたり》　僕《しもべ》角介《かくすけ》が事《こと》】

ああ、さても年はとりたくないものよ。[*1] 口惜《くちお》しや。俺の若い時は江戸中にて伊東喜兵衛《いとうきへえ》、八王子にては中村弥左衛門《なかむらやざえもん》[*2]、この二人を知らない者はなく、我が名を戸札にして貼れば厄除にもなるとか、狐憑きも東山《ひがしやま》[*3]へ逃げ出すとか言われて、飛ぶ鳥も落す勢いで、落ちた鳥を煮て食ったものだが、今じゃ爺となって、遠からず墓穴に入るだろう。幼馴染も今は一人もいない。長生きしすぎて人の情けにすがっている、「命ながければ恥多し」[*4]と言う通りだ。侘《わ》び住まいを訪ねてくれる人もいない。若い時に、老人を嫌い、ばかにした報いを、今じゃこの身に引き受けている。嫌われることこそ悲しいもの。どこへ行っても老人は嫌われる。

伊東土快《いとうどかい》の全盛期は、肩で風を切り、お頭の威勢を借りて組の内で並ぶ者もなく、やりたい放題。隠居してからも悪徒《あくと》[*5]に交わり博奕《ばくえき》をして暮らしていたが、次第に血気も薄くなり、養子喜兵衛が処罰されて以後は家計も困窮し、使用人たちは解雇して、下男一人に身の回りの世話をさせ、ある同心屋敷[*6]の内に借地して住んでいた。次第に物言いが荒っぽくなり、下男を思いやる気持ちがなかったので、同じ仕えるならよい主人のもとで働きたいと逃げ出してしまった。以来、一人暮らしで、日に日に貧しくなっていった。哀れなものだ。かつては裕福で四季折々に豪遊して人にうらやましがられたものだが、栄華は花と散って貧困の身となること、天の巡りあわせに相違ない。[*7]

家主[*8]は若いころからの土快の馴染みで、今落ちぶれて頼るあてのない土快に、とりわけ親切にしていた。ところが土快は年寄るにつれ頑固になり、わがままを言うので、家主の妻や使用人にまで呆れられた。女房はたびたび腹を立て「土快殿に土地を貸して二十余年になるけれど、一度も地代をもらっていない。約束を破り、そのうえわがままをおっしゃるのは迷惑千万。縁もない人を住まわせて狭苦しい思いをするのみならず、毎日喧嘩してむしゃくしゃするよりは、どこかに追い出してください」と怒ったが、家主は情けのある人で、妻の罵声《ばせい》が聞こえないふりをしていた。土快の住むあばら家のまわりには草が生い茂り訪ねる人もなく、まれに寝床から這い出して世間の人とつきあおうとしても、みなよそ見して取り合わず、貧しさは貧しさを呼び、どうしようもなくなった。

四ッ谷御箪笥町《おたんすまち》[*9]に住む角介《かくすけ》[*10]という町人がいた。祖母は土快を育てた乳母で、土快の壮年の頃に亡くなったが、その娘の子が角介である。角介はその日暮しの町人だが、かつての縁を大事にして土快のもとへたえず訪れて、この頃の土快のようすを見て女房に相談した。「俺の婆さまが土快殿を育てたご縁で、婆さまが生きている間はことのほか親切にして下され、母もそのご縁で親切にしていただいた。俺がガキの頃はたびたび土快殿に抱きあやされ、膝の上で昼寝したこともある。今老衰なさって、家計も苦しいのに、俺のほか誰も見舞う人もいない。今、恩返ししなければいつやるのか。お前、しばらく勤めに出てくれないか。俺は土快殿の世話をしようと思う」。女房は「よく言いなさったね、私も前からそう思っていたのだけれど言い出しかねていた。そうと決まれば用意しなければ」と奉公先を探した。

ほどなく女房が仕事にありついたので、角介はさっそく住まいを片付けて土快方に出向いた。土快は「万事任せる」と大喜びした。角介は草履《ぞうり》作りが上手で、夜中に草履を作り、晴れた日にはそれを売り、雨の日は下駄の緒を売って家計を支えた。家主夫婦も角介の誠意に感じ入って、それよりいっそう親切になったので、土快はさらに喜んだ。

こうしてその年も暮れ、翌年の春夏も過ぎ、秋の枯葉が散り、薄氷が張る季節の頃、土快は倒れた。医師を招き、容体を見せれば「病気ではない。老衰であるから、朽木の倒れるようなものだ」とのこと。日に日に弱り、十一月の頃には半身不随となって同じ人とも見えないほどのやつれよう。それでも角介はかいがいしく、夜は囲炉裏に埋火をして暖め、昼に商売に出るにも食事を枕元に用意し、実に感心にも世話をした。土快は翌月になっても、夜の明けるのも日の暮れるのもわからず、ただただ放心したまま新年を迎えようとしていた。

大晦日[*11]は朝から大雪が降った。角介は朝早くから仕事に出て夕方までかかったので、土快殿はどうなさっているやらと心配して家へ帰ると、あばら家は雪に埋もれ、誰か訪ねて来たとしても降り積もった雪で足跡は見えなかった。なかに入って見れば土快は衣類を引っかぶってうずくまっていた。「お可哀そうに。ご活躍の頃なら、こんな日には客人を大勢招き、無礼講[*12]で雪見酒を楽しまれていたのに」と涙ぐみながら枕元によって「いかがですか。早く帰りたかったのですが、今日は雪がひどくて遅くなりました。ご気分はどうですか」と声をかけたが答えはなく、ゆさぶってみても返事はない。いつしか事切れ、氷のように冷たくなっていた。

覚悟はしていたが涙にむせびながら、家主に知らせると、その日は当直で明日にならなければ帰らない。しかたないので、角介一人が夜通し枕元に付き添って念仏を称えた。翌朝、帰宅した家主は報せを聞いて「今日明日は正月で葬式は出せない。とりあえずそのままにしておけ」とのこと。ようやく三日の夕暮に、寺から僧一人が迎えに来て、古酒樽に遺体を入れ、古衣をかぶせ、角介と家主の小者がかついで運び、夜に紛れて葬った。

土快は世にある時は猛威を振い、人を人とも思わず、諸人に憎まれ恨まれ、その報いで、今や落ちぶれて臨終にも念仏を称えるでもなく、最期を看取る人もなく、其年八十九歳にて、よりにもよって大晦日の雪の日に、犬猫が死ぬように世を去ったのは、世間へのよい見せしめだと人々はつまはじきしました。

世間に憎まれ落ちぶれた土快を、角介がかつての縁を忘れず親身に世話をし、誠意を尽くして葬ったことを、家主が吹聴したので、感心な者だと皆が口利きして、家を探してやったり商売の用意をしてやったりして、女房も奉公先から帰り、角介夫婦は再び町人になった。初めは裏屋住まいのその日暮らしだった角介が、たちまち家持ちになり、布商人になった。正直者と評判がよく、日増しに富裕になり、家業は手堅く、家は富み栄えた。浅草蔵前の小揚の者、理兵衛は[*13]、かつての主人の後室を数年養ったことがお上の耳に入り、享保十一年の冬、表彰されて百五十坪の土地を賜った。角介もまた世間に捨てられ、頼りなき士快を養ったことで富貴の家を持った。角介と理兵衛と優劣はつけがたい。善の報いは明らかだと人々は言いあった。

〈注〉

＊1　**ああ、さても年はとりたくないものよ**　底本では「あ、扨年は寄まい物哉」。以下、語り手とおぼしき人物の独白。「我若時は江戸中にて伊東喜兵衛、八王子にては中村弥左衛門、此二人誰不知者もなく…」と往時を回顧する「我」とは誰のことか。『全書』にはこの独白はなく、『今古』では伊東士快の回想としている。

＊2　**中村弥左衛門**　八王子千人同心に同名の人物がいた。『新編武蔵国風土記稿』（文献出版）などに記録がある。『八王子千人同心史　通史編』（八王子市教育委員会）によれば、十家あった千人頭の一つが中村家で初代、二代目、四代目の当主が中村弥左衛門を名乗っている。生没年から見てこのうち四代目の中村弥左衛門安次（一六一八〜一六九九）が伊東喜兵衛（士快）と同世代になる。塩野適斎『桑都日記』（鈴木龍二記念刊行会）には元禄十二年九月四日の記事として「中村弥左衛門安次、不禄、年八十二、榾田の興福寺に葬る。嫡子伊右衛門安春先に歿す。是に於て五男三左衛門安正、代り嗣ぐ」とある。

＊3　**東山**　東山は伏見稲荷のこと。現在は京都市伏見区だが東山の一部とされた。

＊4　**命ながければ恥多し**　『徒然草』第七段「命ながければ辱おほし」。『荘子』天地編「壽則多辱」をふまえている。

＊5　**悪徒**　底本通り。『今古』では白徒とする。博徒のこと。

＊6　**同心屋敷**　底本では「一ツ■同心屋敷」で、■の部分は判読不能。地名だとすれば一ツ橋か一ツ木だろうが、切絵図で探しても同心の組屋敷は見当たらない。

＊7　**四季折々に豪遊して**　底本では「陽春の青葉の中、花開く事遅き空を恨、九夏の天にも暑を不去、冷風招かせ、凌颯々たる沢辺にさまよひては蛍を焼として曲水の宴を楽し、厳寒の夜は美女と肌を同して猶火炉を求」。要約した。

＊8　**家主**　土快に住居を提供している同心のこと。名前はない。

＊9　**四ッ谷御箪笥町**　今でも新宿区に箪笥町という町名はあるが、ここでいう江戸時代の四ッ谷御箪笥町は今の三栄町のあたり。

＊10　**角介**　『今古』も『全書』も「覚助」の表記で統一している。

＊11　**大晦日**　底本では「廿九日の朝」。後の文からこの日が大晦日であるとわかる。陰暦では大晦日が十二月二十九日になることもある。『今古』では大晦日の朝とし、『全書』では暮の二十八日の朝とする。「芝居」の終幕も雪の日に設定されていた。

＊12　**誰か訪ねて来たとしても**　底本では「誰問来て雪に付る共不見」。誰も来なかったから雪に足跡がついていないのか、誰か来たのに雪で足跡が消えたのか。「芝居」のト書きに「お岩の足跡は雪の上に血にてつく」という演出の指示があるのと対照的である。

＊13　**小揚の者、理兵衛**　浅草の蔵前には米問屋が多くあり、隅田川を利用して舟で米などの商品を流通させていた。小揚の者は船着き場で働く荷揚げ人足。理兵衛は実在の人物で、その美談は『近世畸人伝』などに出てくる。ただし、理兵衛が表彰されたのは『雑談』では享保十一年の冬とされるが、『武江年表』では享保十一年の五月とする。

（後書き）[*1]

そもそもお岩の怨念は、田宮伊右衛門が若い頃、伊東喜兵衛の妾の色香に迷い、心ならずも邪な企てをしたことに始まり、伊東喜兵衛、田宮伊右衛門、秋山長右衛門、この三家を亡ぼし、多くの人がお岩に取り殺され、後の世の人の話題になった。こうしてみると左中将義貞の「報いを知らなければ家が絶える」とは実に金言というべきだ。[*2]

とはいえこの三人が滅んだのはお岩の恨みだけによるとは限らない。よこしまな心が深く、悪い仲間と交際して悪事を重ね、他人の愁い《うれい》を自分の楽しみとしていたので、身から出たさびで滅んだのである。色と欲の二つは我が身から生じ、我が身を亡ぼす怨敵である。色と欲に迷えば心はうつろになり目がくらんで、心ならずも天地の掟に背き、百年の命まで捨て、馬鹿の名を残すことになる。あるいは叶わぬことと知りながら東方朔《とうほうさく》[*3]の三千歳、浦嶋太郎《うらしまたろう》[*4]の三百歳、三浦大助《みうらだいすけ》[*5]の百六歳の長寿を祝ってあやかろうとしても、その人たちは一人もこの世にいない。死んだ人を祝うようなもので、古いことも今の私たちも、夢も現も幻も、すべては無常のもので跡形も残らない。つまりは後世を願うにこしたことはない。花を仏に手向けつつ悟の道に入ろう。

〔＊＊＊〕

昔から因果物語は数多いが、本当にあった話かどうかはわからない。最近伝え聞く噂話も、五十余年、耳に聞いてもこの目で見たことはない。この伊東、田宮、秋山三家のことは、私がその昔[*6]、朝に夕に交際して、事件の原因をよく知り、怪異もこの目で見た。何年もたったのでありのままに記し、しかも女子どもの気に入るように描いて「四ツ谷雑談」と題した。一日のうちに、善と悪との報いが往き来する。今さらながら、善いことをし、悪いことをやめる人はまれである。悪に悪を重ねる故に善の報いはまれで悪の報いは速やかだ。今ここに書きあらわしたのは他人の非をあげつらったようだが、他の人に見せる為ではなく、子孫に前車の覆《くつがえ》るのを見せて、因果応報ということを知らせ、かつその轍を踏まないようにと思うのみ。ああ願わくはただひたすら正しい道を進み、邪念を払うようにすべし。結局、心外無別法[*7]（心の外に真理はないと悟ること）と堪忍との二つに尽きる。その道を知る人についてよく学び、五常も守り、子孫が断絶しないようにと思うほか他意はない。

享保十二丁未年[*8]

于時

宝暦五乙亥年五月十三日[*9]

〈注〉

＊1　**後書き**　原文には小見出しはないが、本書では便宜上つけた。片仮名交じりのものと平仮名交じりの、内容の異なる二つのあとがきがあり、著者が同一かは不明。前半の文は底本では片仮名交じり。『今古』には表現は異なるがほぼ同趣旨の文があり、『全書』では前半部分を「伊東土快最期之事」の末尾に加筆する。なお、『今古』には氏名不詳の編集人（校者）による独自の後書きがある。後半の文は平仮名交じり。このあとがきは『今古』にも『全書』にもない。

＊2　**左中将義貞の…いうべきだ**　底本では「サレハ左中将義貞ノ報ヲ知スンハ其家可絶ト有シハ実ニ金言可成」。「田宮又左衛門病死之事」冒頭で引いた新田義貞の言葉を振り返っている。ただし、初めに引かれた言葉の主旨は、将たる者の心得であって、家が絶える云々のことではない。

＊3　**東方朔**　前一五四～前九三。漢の武帝に仕えた宮廷官僚、文人。『史記』滑稽列伝、『漢書』などに奇行で周囲を煙に巻いた記録がある。後に仙人と見なされ『列仙伝』では武帝、昭帝、宣帝の三代に仕えたことになっている。西王母の桃を食べて長寿を得たとの伝説がある。

＊4　**浦嶋太郎**　『丹後国風土記』に故郷に帰ってきたら三百年たっていたとある。

＊5　**三浦大助**　「三浦ノ大助」三浦大介義明（一〇九二～一一八〇）は平安末の武将。一一八〇、三浦一族は源頼朝の挙兵に呼応したが、畠山重忠の軍勢に包囲され、義明は一族を逃がすために衣笠城にこもり討ち死にした。高齢にもかかわらず奮戦したことで有名。『吾妻鏡』『源平盛衰記』など。「東方朔カ三千歳、浦嶋太郎カ三百歳、三浦ノ大助百六ツ」は長寿の人を並べた文句。

＊6　**私がその昔**　底本では「予其昔朝夕交むつびて…」。以下の記事が事実なら、語り手「予」は四谷左門町の住人で、一部始終を知る立場にあり、かつ土快の最期を見届けていることになる。左門町の御先手組は五十人いたそうだから、そのなかの一人ということになる。『雑談』中に出てくる人物であれば、近藤六郎兵衛か、晩年の土快に住居を貸していた無名の家主か。

＊7　**心外無別法**　道元『正法眼蔵』に「三界唯一心、心外無別法」とある。『華厳経』に由来する言葉。

＊8　享保十二丁未年　一七二七年。この『雑談』が執筆された年と思われる。
＊9　宝暦五乙亥年五月十三日　一七五五年。写本が筆写された日付。

四谷怪談の謎〈21〉『雑談《ぞうたん》』最後《さいご》の謎《なぞ》

この『雑談』の底本には、執筆された年とおぼしき享保十二年と、写本された宝暦五年五月十三日という日付が入っている。ところが、著者名がない。誰が書いたのかわからないのである。そのかわりに、内容の異なるあとがきが二つある。初めの文は片仮名まじりで、後のものは平仮名まじりである。どんな事情で二種類のあとがきが書かれたのか。この二つの文章は同一人物によるものだろうか、別の人物によるものか。そもそも『雑談』本文からして同一の著者が書き下ろしたものだろうか、それとも複数の人物によって書き継いだものだろうか。

於岩稲荷田宮神社《おいわいなりたみやじんじゃ》（二〇一三年五月、撮影＝編集部）

新宿区左門町の田宮家邸内にある「お岩様」。東京都教育委員会によって「『東海道四谷怪談』の主人公田宮伊右衛門（南北の芝居では民谷伊右衛門）の妻お岩を祭ったお岩稲荷神社の旧地」として都旧跡に指定されている（東京都教育委員会設置の案内板より）。「旧地」というのは、同神社が一時移転したり、戦災で焼失したりしたことがあったからである。現在の社殿は昭和二十七年に復興したものである（「田宮神社由来記」より）。

もうひとつの四谷怪談——訳者あとがきにかえて

鶴屋南北の歌舞伎『東海道四谷怪談』や講談『四谷怪談』の下敷きとなり、現代でもなおさまざまなヴァリエーションを生みだしている「四谷怪談」の源流が、ここに全訳した『四ッ谷雑談集』（以下『雑談』）である。底本には、小二田誠二氏（静岡大学教授）が発見した享保十二年の奥書を持つテキストを用いた。底本には奇想天外な当て字や辞書に見当たらない言葉がいくつもあり、本書では文意不明の箇所は要約したり意訳したりしている。だから逐語訳ではないが、これまでの翻刻本や訳本では省略されていた章もすべて訳出した。

この『雑談』は、本書に寄せていただいた序で横山泰子氏の言うとおり、『東海道四谷怪談』の源流である。それではこれこそが「四谷怪談」の唯一のオリジナルかというと、そうでもない。「四谷怪談」という大河には複数の支流（異説・異伝）があり、水源である『雑談』もその全貌はなお謎に包まれている。

異説・四ツ谷美談

『半七捕物帖』で有名な作家・岡本綺堂が、お岩様を祀った稲荷社があるのにふれて、次のような伝承を書き残している。

（前略）それ（お岩稲荷）に就いて、こういう異説がまた伝えられている。お岩稲荷はお岩その人を祀ったのではなくして、お岩が尊崇していた神を祀ったのであると云うのである。即ち田宮なにがしという貧困の武士があって、何分にも世帯を持ちつづけることが出来ないので、妻のお岩と相談の上で一とまず夫婦別れをして、夫はある屋敷に住み込み、妻もある武家に奉公することになった。お岩は貞女で、再び世帯を持つときの用意として年々の給料を貯蓄しているばかりか、その奉公している屋敷内の稲荷のやしろに日参して、一日も早く夫婦が一つに寄合うことができるようにと祈願していた。それが主人の耳にもきこえたので、主人も大いに同情して、かれの為めに色々の世話を焼いて結局お岩夫婦は元のごとくに同棲することになった。主人のなさけも勿論であるが、これも日ごろ信ずる稲荷大明神の霊験であるというので、お岩は自分の屋敷内にもかの稲荷を勧請して朝夕に参拝した。それを聞き伝えて、自分たちにも拝ませてくれと云う者がだんだんに殖えて来た。お岩はそれを拒まずに誰にもこころよく参拝を許した。その稲荷には定まった名が無かったので、誰が云い出したともなしにお岩稲荷と一般に呼ばれるようになった。こういうわけで、お岩稲荷の縁起は、徹頭徹尾おめでたいことであるにも拘らず、講釈師や狂言作者がそれを敷衍して勝手な怪談に作り出し、世間が又それに雷同したのである。（中略）この説もかなり有力であったらしく、現にわたしの父なども、それを主張していた。ほかに四五人の老人からも同じような説を聴いた。してみると、お岩稲荷について、下町派即ち町人派の唱えるところは、一種の怪談で、山の手派即ち武家派の唱えるところは、一種の美談であるらしい。尤もその事件が武家に関することであるから、武家派は自家弁護のために都合のいい美談をこしらえ出したのかも知れない。怪談か美談か、ともかく一説として掲げて置く。（岸井良衛編『岡本綺堂江戸に就ての話』青蛙房より抜粋）

現在、四谷左門町にある於岩稲荷田宮神社が発行していたパンフレット「田宮神社由来記」にも同趣の話が掲載されている。この「異説」を無視できないのは、綺堂がその父から聴いた話だと言っているからだ。

岡本綺堂の父とはどういう人か。横山泰子氏の『綺堂は語る　半七が走る』（教育出版）には「岡本綺堂の父・敬之助（純《きよし》）は、明治維新前は武士であった。祖父である武田芳忠は奥州二本松藩士であり、三男の敬之助は早くから江戸に出、事情は定かではないが江戸徳川御家人の岡本家を継いだ」とある。つまり、『雑談』の伊右衛門と同じ幕府御家人だったのであり、綺堂が「同じような説を聴いた」と言っている「四五人の老人」もおそらく父の元同僚や縁者たちだったのだろう。

ここから、綺堂の伝える美談型のお岩稲荷由来も、年代的にどこまでさかのぼれるかはわからないが、確かに江戸時代から語り伝えられてきたものであることがわかる。江戸時代からの伝承という点では、美談と怪談は同等に尊重されるべき資格がある。

『雑談』はノンフィクションではない

怪談と美談とで正反対に見える話なので、どちらが本当か、史実に近いのはどちらかということが気になるのは人情というものだが、これはそう簡単に解ける問題ではない。

これまで「四谷怪談」のモデル問題と言えば、三田村鳶魚「四谷怪談の虚実」(『三田村鳶魚全集第十八巻』、中央公論社)に代表されるように、『文政町方書上』に含まれる「お岩稲荷来由書上」(以下「書上」)が公文書ということで重視されてきた。議論の枠組みを単純化すると、「書上」の記す伝説では家名は断絶したはずの田宮家が存続しているのはなぜか、というものだった。しかし、この『雑談』が「書上」にも「芝居」にも先行することが判明した今、「書上」は『雑談』にある伝説の一部に後日談を加えた異説・異伝の一つだったことになる。今や、「書上」を基準にした鳶魚の問題設定から、『雑談』を参照した問題設定に切り替えなければならないことは明白だ。

それでは『雑談』とは何か。もちろん『雑談』は「実録」であり、事実談であることを標榜している。実際、地名・寺社名はすべて実在したものだし、世相風俗についても貞享・元禄時代の現実を反映していると思われる。登場する人名のうち別の史料で確認されたものは旗本クラスの他は山田浅右衛門、伊東喜兵衛(二代目)、中村弥左衛門、浅草蔵前の理兵衛だけだが、お岩様はもとよりその他の人物についてもモデルになった人たちが実在した可能性はある。少なくとも『雑談』の描く生々しい人間ドラマには、そう思わせるだけの説得力がある。

それでは『雑談』は事実の記録かというとそうとも言えない。例えば、『雑談』では多田三十郎の事件は五月に起きたことになっているが、史実では四月中の出来事で、しかも多田家は断絶していない。そうすると『雑談』ではやたらと日付が強調されたり、また家が断絶したりするが、それらがみな事実だという保証はない。

江戸時代の「実録」は、現代のノンフィクションやルポルタージュとは事実の基準が異なる。「実録」とは何か、小二田誠二氏の論文「怪談物実録の位相――『四谷雑談』再考」（長谷川強編『近世文学俯瞰』汲古書院、一九九七所収）によれば、実録を書いた人たちは「彼らにとって事実であったこと」を材料にしており、そのなかには「巷説、都市の噂話」も含まれていた。そして「実録」としてのこの『雑談』は「訳の分からない出来事の原因を巡る噂が、類話と解釈の方法を手に入れて、歴史として書物に定着した」ものだという。つまり「実録」とは、取材によって事実に迫った記録ではなく、当時「事実」として流布していた多くの伝聞をある特定の観点に沿って採録して編んだ読み物と受けとめるべきだろう。

そうすると、『雑談』の描写の細部こそは断片的な事実を反映したものと考えてよさそうだが、お岩様と伊右衛門の物語、伊東土快の権勢と没落、秋山家で立て続いた不幸などの各エピソードの枠組みは、当時よく知られていた奇談・怪談のストーリーを転用して脚色したものと見なした方がよさそうだ。例えばお岩様と伊右衛門の物語について、小二田氏は「零細な家、醜い跡取り娘、よそ者の婿の裏切りと言った設定は、『死霊解脱物語聞書』が参考にされた可能性は大いにあり得る」（前掲論文）と指摘している。本書でもコラムや注で、『雑談』を構成する各エピソードの類話を示してきたように、「四谷怪談」の源流は、先行する伝説や同時代の風聞など、さまざまな情報との影響関係のなかで成立している。

ここから、これからの「四谷怪談」の起源問題は、なぜこのような伝説が生まれ、それが四谷という地名、お岩という人名と結びついて伝えられ、それがいかにして『雑談』、ひいては南北の「芝居」に影響を与えたか、ということが中心的課題となるように思われる。

それでは「お岩伝説」の中核をなすお岩様の怨霊はまったくの虚構か？

私にはそうと言いきれないものが残るような気がしてならない。「芝居」の舞台を越えて浸透する「四谷怪談」の根強さ、横山泰子氏の言う「お岩信仰」（『四谷怪談は面白い』平凡社）の背景には、この物語を語り継いだ人々によって「お岩様」と名付けられた怒りの女神が、史実とは別の次元で存在するのではないか。この怒りの女神の威力は、『雑談』のお岩にも、『東海道四谷怪談』の劇中人物・民谷いわにも、そしておそらく於岩稲荷に手を合わせる人たちが心に描く姿にも、なにがしか投影されているはずである。そんなものが実在するのかと言われれば、『雑談』で霊媒が口走ったように「有かと思へば有、無と思へばなし」というほかないけれども。

今後、謎に満ちた『四ッ谷雑談集』原文が、専門家による精密な校訂・考証を経て刊行されることを願ってやまない。そのためにも、怪談ファン・芝居ファン・歴史ファンの読者に『四ッ谷雑談集』の存在を広く知らせたいという願いから本書は企画された。

本書成立にあたり、静岡大学の小二田誠二先生には貴重な文献を借覧させていただいた。

また、法政大学の横山泰子先生には懇切な序文を寄せていただいた。

末筆ながら、両先生に心から御礼申し上げる。

二〇一三年六月

広坂朋信

《執筆者略歴》

横山泰子（よこやま やすこ）……………………………〈序〉

法政大学教授。専攻は近世文学、江戸文化。著書に『四谷怪談は面白い』（平凡社）など。

広坂朋信（ひろさか とものぶ）…………………………〈訳・注〉

フリーライター、編集者。著書に『江戸怪奇異聞録』（希林館）など。

〈江戸怪談を読む〉

実録《じつろく》 四谷怪談《よつやかいだん》——現代語訳《げんだいごやく》『四《よ》ッ《つ》谷雑談集《やぞうたんしゅう》』

2013年7月20日　第一版第一刷発行

序　横山泰子

訳・注　広坂朋信

発行者　吉田朋子

発　行　有限会社 白澤社《はくたくしゃ》

〒112-0014　東京都文京区関口1-29-6　松崎ビル2F

電話 03-5155-2615／FAX03-5155-2616／E-mail : hakutaku@nifty.com

発　売　株式会社 現代書館

〒102-0072　東京都千代田区飯田橋3-2-5

電話　03-3221-1321㈹／FAX　03-3262-5906

装　幀　装丁屋KICHIBE

印　刷　モリモト印刷株式会社

用　紙　株式会社山市紙商事

製　本　株式会社越後堂製本

ISBN978-4-7684-7950-6